Sonya
ソーニャ文庫

腹黒御曹司は逃がさない

月城うさぎ

イースト・プレス

contents

プロローグ

――結婚がしたい。できるだけ早く。

心の奥から湧き出る願望には、焦燥感が含まれていた。

ロンドンにあるカフェで、清華妃奈子は手汗が滲む緊張とわずかな期待を抱きながら、手元のスマートフォンをじっと見つめる。

約束の時間を十分以上過ぎている。早めに来てしまった妃奈子のテーブルには、ぬるくなったカプチーノが手つかずのまま置かれていた。

「連絡、まだ来ないなぁ……」

待ち合わせ場所はここで間違いない。時間だって何度も確認した。

妃奈子は今、ネットのマッチングサイトで知り合った男を待っていた。何度かメールのやり取りをし、誠実な文面となかなかな好青年の写真を見て、はじめてネットで知り合った相手と会う約束をしたのだ。

ネットで交際相手を探すなど怖いと思っていたが、海外ではそうした出会いから結婚に至るカップルも多く、昨今の日本でも珍しくはない。

いくつものサイトを調べ、初心者でも使いやすく信頼性の高いサイトを選んだ。そこはきちんと月額の料金を取るため、遊び半分で利用する人間は少ないだろう。無料より多少料金を払う方が、本気の出会いを探している人と巡り合いやすい。

時代の流れとともに異性との出会い方も多様化しているのだ。

あまり身近な人間と深い関係になりたくなかったため、妃奈子は友人の紹介ではなく、周囲が知らない相手を恋人に選びたかった。スマートフォンから目を離し、妃奈子はカプチーノに口をつける。

一人になったとき、ふと思い出してしまう男がいた。

遠く離れていても忘れられない、いつ再会するかもわからない男には、幼い頃から抱いていた憧(あこが)れや、恐れに似た感情が複雑に絡んでいる。

会いたくない、でも忘れることもできない。

記憶の中の彼を思い出すだけで、胸の奥がざわざわと落ち着かなくなる。甘さと苦さが混ざった複雑な感情に心を揺さぶられたくなくて、早く素敵な恋人を探そうとした。

まずは相手が危険な人でないかを見極めて、メールで感じた通りの誠実な人柄かを確かめる。そして数回デートをし、恋人の関係に発展してから結婚を――……。

――結婚したら、私はもうあの家のお世話にならなくて済む。

誰も自分を知らない土地で好きな人を作って結婚をし、自立した生活を送る。今の妃奈子のささやかな願いだ。

二口、三口とカプチーノを飲んだ。カップをソーサーに置いたのと同時に、入り口の鈴が鳴り、客の来店を告げた。

もしかしてと思い、顔を上げる。

しかし微笑みを浮かべていた妃奈子の表情は、みるみるうちに固まった。

――なんで……？

長身のアジア人男性が店に入って来る。仕立てのいいスーツを着たビジネスマン風の男だ。

男は店内をサッと見回し、奥の席にひっそりと座る妃奈子を見つけた。その瞬間、彼の無表情だった顔に隠しきれない喜びが浮かんだ。まるで遠く離れていた恋人と再会できた、感動的なシーンのように。

まっすぐ視線を向けてくるその男から、妃奈子は目が逸らせない。たった今カプチーノを流し込んだ喉はもう渇いている。

相手の表情は柔らかく穏やかで、威圧感など抱かせないのに。目に見えないなにかが妃奈子の身体を硬直させる。

「――ああ、ようやく会えた」

記憶の中と同じ声が、妃奈子の鼓膜(こまく)を震わせた。

欧米人にも見劣りしない長身に、バランスのいい体軀(たいく)。左右対称の作り物めいた美貌(びぼう)を持つ男は、どこにいても人目を集める魅力を持っている。

妃奈子は驚きすぎてなかなか声が出てこない。丸く目を見開いたまま、薄く口を開閉した。

そんな彼女を愛おしげに見つめながら、男はそっと手を差し出す。

「迎えに来ましたよ、ひなちゃん。さあ、僕と一緒に帰りましょう」

遠く離れた異国の地まで追いかけてきたのは、妃奈子の初恋相手であり、ずっと忘れたいと思っていた男、御影雪哉(みかげゆきなり)だった。

第一章

イギリスの大学院を出てＭＢＡを取得し、二年ぶりに帰国した妃奈子の顔色は暗かった。日本の食事を堪能できるのはうれしいが、これからのことを考えると気分が沈む。

妃奈子がロンドンのカフェで雪哉と再会したあの日、彼女のライフプランは変更になった。

インターンをしていた会社を辞め、妃奈子は日本に帰国した。ずっとロンドンに住むつもりはなかったが、居られなくなるまでは留学を続けるつもりだった。

だが雪哉と再会し、妃奈子は自分の曖昧（あいまい）な夢を追い続けることをやめた。留学がしたかったから海外に住んでいたが、その土地でしかできないなにかをしたかったわけではないのだ。

雪哉はその迷いをうまく突いて、妃奈子を自分の意志で帰国させるよう仕向けた。妃奈子が納得するように、ひとつずつ不安を解消して、現実的な方向性を導き出した。

ビザの関係でタイムリミットがあったのも事実なので、いずれは日本に帰らなければならなかったのだが、結局、就職活動を日本でするなら今帰国するのが最善だという言葉に頷いたのだ。

無事に就職先も決まり、入社するのは九月に入ってから。それまで少しゆっくりできる。だが、目まぐるしく日常が変化したため、疲労とストレスが溜まっていたのか、ほっとした途端に軽い夏風邪をひき、寝込んでしまった。

「……夜なのに、外はまだ暑そうだわ」

蒸し暑い日本の気候に身体が慣れてくれない。

つい二年前まで使用していた部屋のベッドに寝ながら、妃奈子は目を瞑った。身体は熱いが、微熱程度だ。だるさもあるが、しっかり休めばすぐに回復するだろう。

イギリスで住んでいた手狭な部屋と違い、十畳はある寝室は懐かしいが、どことなく落ち着かない。

——結局、帰ってきちゃった……。

部屋は出たときのまま、自分のものが残されていた。違うのはロンドンから持ち帰った私物と、雪哉にもらった就職祝いのプレゼントだけ。いつつけたらいいのかわからないダイヤモンドのピアスが、紅いベルベットのケースの中に仕舞われている。

――もうここには帰って来ないつもりで出たのに。

日本の大学を卒業し、ロンドンに旅立った日。妃奈子は、この屋敷に戻ってくるのは雪哉が結婚してからだと思っていた。次に彼と再会するときは、自分は内面的にも成長し、立派な大人として彼の幸せを祝福できるだろうと。

だが現実はなかなか理想通りにはいかない。妃奈子の面持ちは暗かった。

「……まさか雪哉さんとまた毎日顔を合わせることになるなんて……」

約四年ぶりの再会だった。成人してからは写真のやり取りさえしていなかったのに、互いに一目で気づいた。

三十四歳になった雪哉はさらに男性的な魅力に溢れ、落ち着いた大人の色香をまとっていた。悔しいが、上等な男性と認めざるを得ない。

あのとき感じた胸の鼓動は、果たして喜びからか、恐れからか。

結局カフェで待っていた男性は現れず、その日の夜に急な仕事が入ってしまったという謝罪の連絡が届いた。会えなかったのは残念だが、きっとご縁がなかったということだろう。相手からはリスケジュールしたいとメールが来たが、妃奈子の熱は冷めてしまっていたので丁重にお断りをした。

「目まぐるしかった……留学前はあんなに慎重に準備を進めたのに、帰国はあっという間にできるのね」

雪哉のサポートがあったからこそだが、彼と再会してから一週間で妃奈子は日本に帰って来たのだ。

この家は妃奈子の生家ではない。雪哉の実家、御影家の屋敷だ。妃奈子は高校進学時から御影家に世話になっている。

両親は十五のときに離婚。妃奈子の父親は仕事で海外に赴任し、母親はとっくに再婚して、新しい家庭を作っている。

両親の離婚後、高校生になりたての妃奈子の後見を名乗り出たのが、当時二十五歳の雪哉だった。

御影家とは子供の頃から親交があり、妃奈子は十も年上の雪哉を兄のように慕っていた。迎え入れてくれた御影の屋敷は広く、雪哉の父親も情に厚く優しい。家族との縁が薄く、一人で過ごすことが多かった妃奈子にとっては、御影家こそ実家と呼べるものだった。

だからこそ早く独り立ちして、成人したら彼らの世話にはならないようにしようと思っていた。養育費と大学の学費は実父が出してくれていたが、留学費用は奨学金で賄い、雪哉たちには迷惑をかけまいと勉学に励んだ。

帰国後も自室がそのまま残されていて、自分の居場所はここにあるのだと思わせてくれたことがうれしい反面、このままずるずると世話になり続けるのはダメだという気持ちになる。

ごろりと寝返りを打ち、重い溜息を吐いた。

「ピアス……怒ってたなぁ」

そっと耳たぶを触る。

日本を離れてすぐに、妃奈子はピアスの穴をあけた。ロンドンのカフェで再会したとき、雪哉はすぐにそれに気づいたようだった。

『誰にあけてもらったのですか？』と静かに問いかけてきた言葉の裏には、仄暗い嫉妬に似た感情が見え隠れしていた。

過保護な雪哉は、妃奈子の身体に傷がつくのを嫌がる。たとえオシャレのためのピアスでも、自分の知らないところで勝手なことをされたと思ったのだろう。

だが本音は、彼が妃奈子の耳にピアスホールをあけたかったのだと、妃奈子自身も気づいている。そこに込められている感情は、疑似兄妹の情では片付けられないものだ。

「本当、私への過保護は相変わらず健在ね」

いや、過保護な兄だと思えていたらまだ楽だった。一人っ子の雪哉にとって妃奈子は年の離れた妹のような存在だから、心配性になっているだけだと思えていたならば。

しかし妃奈子はとっくに気づいている。雪哉が向けてくる感情は、男女の熱を孕んでいることを。

――ねえ、まだ私に執着しているの？

柔らかな微笑みは雪哉の偽の顔だ。本性はもっと獰猛で、激しい情欲を秘めている。そうでなければ、わざわざ出張中のわずかな時間に、妃奈子を探して会いに来るはずがない。誰にも告げていなかった行動が彼に筒抜けだったことが恐ろしい。

――あのカフェに現れたのが偶然だとは到底思えない。

迎えに来たと言っていたし、普段から妃奈子の行動を知らないとあのカフェには辿り着かないはずだ。週に二度ほど通っているカフェは、妃奈子がインターンをしていたオフィスから徒歩圏内にあり、居心地も良くコーヒーもおいしい。

妃奈子を知る人物なら、休日もお気に入りのカフェに入り浸っているのを知っているだろうが、日本に住んでいる雪哉が知っているのは不自然だ。

雪哉は笑顔の裏で怒っていた。「会いたかった」と口にしつつも、妃奈子は「いけない子だね」と責められている気にさせられた。誰にも内緒で恋人を見つけようとしていたのも、恐らく雪哉は気づいていたのだろう。

ズキズキと頭の奥が鈍く痛む。

過去の経験から、疲労回復には水分補給と睡眠が一番大事だとわかっている。数日以内には体調も戻るはずだ。

これからどうするか、考えるべきことがたくさんある。妃奈子が小さく溜息をついた直後、部屋の扉が控えめにノックされた。

「——っ!」

妃奈子は咄嗟に寝たふりをする。こうして様子を見に来るのは、きっと仕事帰りの雪哉だ。

「——ひなちゃん」

低すぎず高すぎない、耳ざわりのいい声。

子供の頃からこの声で呼ばれるのが大好きだった。まるで本当の妹のように、ひなちゃん、と呼ばれるのはくすぐったいし、優しく甘やかされているようでうれしかった。

だが今は、名前を呼ばれると身体に緊張が走る。

雪哉の声には変わらない熱量が潜んでいる。それは自分が疎くて気づかなかっただけ。

雪哉はなにも変わっていない。

ずっと昔から、彼から特別な目で見つめられ、情欲が声に宿っていた。大人になり、多少成長したおかげで、妃奈子は改めて自分がどういう気持ちをぶつけられているのかを悟っただけだ。

「……よく寝ているようですね」

ベッドの脇に立ち、顔を覗(のぞ)かれる。狸(たぬき)寝入りに気づかれないように、妃奈子はドキドキと速まる心臓を必死に落ち着かせようとしていた。

瞼(まぶた)が痙攣(けいれん)しないように、身体が固くならないように。極力力を抜いて、規則的な呼吸を意識する。

額に手がのせられるのは想定内だ。雪哉が手で熱を測ろうとするのは、予測がついている。

だが次の瞬間、妃奈子は思わずビクンと肩が揺れそうになった。

「……寝ているときは外しているんですね」

額に触れていた手が妃奈子の耳たぶに移った。

今はなにもつけていない耳たぶに、雪哉が許可なく触れている。福耳とまではいかないが、面積が広めの耳たぶは少し厚くて、ピアスの穴をあけるのも勇気がいった。実際、友人に聞いていたよりも痛みが強くて、あけた直後は涙目になるほどだった。

雪哉の指先がふにふにと耳たぶの感触を確かめる。そんなことをしたら、寝ている人間は起きてしまうのではないか。いや、人は耳たぶを弄られたくらいでは目覚めないのかもしれない。

やや執拗にピアスホールを指先で確かめるのは、一体どんな意図があるのか。彼の表情を確かめてみたいが、確認する勇気はない。

不埒な指が今度は唇に触れてくる。

下唇の弾力を確かめるようにそっと指の腹でなぞられた。その指をどうするつもりなのか、知らず身体に力が入るのをグッと堪える。

――どうしよう、このまま寝てた方がいいのか、寝返りを打っちゃった方がいいのか……。

雪哉がなにをするつもりなのかわからず、心臓の鼓動が速まる。感触を確かめるだけだった動きが、唇への愛撫のように感じられた。

――キス、されているみたい。

唇同士がくっついているわけでもないのに、そんな錯覚さえ生まれてくる。

二人の間に流れる空気が居たたまれない。これ以上寝たふりを続けるのも得策ではないと考え、妃奈子は小さく寝息を漏らそうとした。

しかしその直前にスッと指が離れていく。

「……ミネラルウォーターのボトルを置いておきます。起きたら水分補給してくださいね」

そっと囁くような声で告げられ、足音が遠のいていく。狸寝入りに気づかれていたかはわからない。

扉を開く音が聞こえ、そのままパタンと閉じられた。

妃奈子は気配が消えた後もしばらく身動きせずじっとしていたが、完全にいなくなったと身体が認識すると、ようやく目を開けることができた。口から安堵の息が漏れる。

「はぁ……びっくりした……」

心臓がバクバクとうるさい。

もし雪哉に手首を触られていたら、実は起きていたことに気づかれていただろう。

ベッド脇のナイトテーブルには、彼が言っていた通り新しいペットボトルが置かれていた。それまで飲んでいた水は半分以上飲み干していたので、新しいものと替えてくれたのはありがたい。

だが、様子を見に来たわずかな時間にも、なにをされるかわからない緊張感を味わった。背中がじっとりと汗をかいている気がする。

——御影のおじさまはあまり屋敷に帰ってこられないし、これからは御影家の使用人の方たちと、雪哉さんとずっと一緒……。

自分を一人の女性として見ている男と同じ屋根の下に暮らす。複雑な感情を抱きながら、妃奈子は眠りに落ちていった。

御影家は戦後に興(おこ)した事業が成功し、これまでいくつもの企業を買収してきた。世界的に有名なグループ会社へと成長し、総合商社の他に保険、不動産、自動車産業や重工業なども経営しており、多くの業界でその名を轟(とどろ)かせている。

妃奈子は御影のグループ会社のひとつである製薬会社に就職が決まった。

順調すぎた就職活動は、妃奈子の実力もあっただろうが、雪哉の口添えがなかったとは考えにくい。何故ならそこは雪哉が社長を務める会社だからだ。

彼自身は、自分はなにも口を出していないと言っているが、周囲が忖度(そんたく)した可能性も捨てきれない。

本当は御影とは無縁の会社に入ろうとしたが、お世話になってきた彼らへ恩返しができるチャンスだと思い直した。

幸い、社長の雪哉と、海外事業部の新人である妃奈子はほとんど接点がない。人事部には住所を知られているが、同じ課の人間に御影の屋敷に住んでいることがバレなければ、厄介なことにもならないはずだ。

「――清華さん、シンガポールから急ぎの依頼が届いているんだけど、最短でいつ手配できるかフォワーダーに確認してくれる？」

「はい、こちらは船便でよろしいですか？」

「うん、船で大丈夫。詳細がわかったらシンガポール支社のシェリーに連絡しておいて」

「承知しました。至急確認します」

上司の篠宮に返事をし、妃奈子は取引先の業者に電話をかけた。

海外事業部の営業アシスタントの業務に就いて、約一か月。覚えることはたくさんあるが、幸運なことに上司の篠宮は面倒見がよく、同じ部署の人間も人当たりがいい。

職場の人間関係が良好なのはよかった。いくら大企業で給料がよくても、職場環境のストレスが大きければ働きにくい。

大学院を出てＭＢＡを取得している妃奈子は、部署の人間からの期待が大きいそうだ。まずは営業アシスタントとして仕事に慣れてもらってから、ステップアップしていってもらいたいと入社当時に説明を受けた。

　電話でシンガポール向けの出荷日を確認し、その旨を篠宮に報告する。最短のスケジュールをシンガポール支社の担当者へ連絡し、承認を待つことになった。

　ほっと一息つけばあっという間に昼食の時間だ。きっちり正午から一斉に昼休みに入るかと思いきや、この会社は昼の休憩時間は決まっておらず、各々仕事が一段落した頃に一時間取るようになっている。

　混み合う時間をずらして昼食に行けるのはありがたい。

　妃奈子の業務が落ち着いた頃合いを見計らって、隣の席の梅原（うめはら）が声をかけてきた。

「よかったらそろそろランチ行かない？」

「はい、ぜひ」

　同僚の梅原あゆみは妃奈子の五年先輩で、今年三十一歳になるそうだ。この部署で一番年齢が近い同性である。国立大の薬学部出身で薬事法にも精通（せいつう）し、この部署に異動になってまだ一年ほどらしいが、知識量も多くて頼りになる。

　清潔感のある焦げ茶色に染めた髪は毎日丁寧に巻かれていて、唇のルージュも綺麗にひかれており、妃奈子も見習いたくなる。

　隙のない美をまとう梅原とビルの一階までエレベーターで下りた。

「お昼なににしようか～。苦手じゃなかったらエスニックとかどう？　近くにタイ料理屋があって、この間行ったらおいしかったんだ」

「タイ料理好きです、ぜひ行きましょう」

受付を通り越し、正面玄関へ向かう。ガラスの自動ドアを出ると、車から降りてきた人物と遭遇した。

――雪哉さんだ。

外出していたのだろう。社長の雪哉が、秘書の男性とともにオフィスビルに入って来る。梅原と妃奈子は咄嗟に壁際へ寄った。

仕立てのいいオーダーメイドの三つ揃えのスーツ姿は、客観的に見てもかっこいい。女子社員から感嘆の吐息が聞こえてきそうだ。

背が高く脚が長いモデルのようなスタイルで、穏やかな微笑が麗しい御影家の御曹司。芸能人より美形で、身近にいる憧れの存在。遠目から眺める分には絶好の相手だろう。

雪哉が通り過ぎる際、ちらりと妃奈子へ視線を投げた。少し口角が上がったように見えたが、妃奈子はサッと視線を逸らす。

二人の姿がエレベーター内に吸い込まれると、エントランスホールにいた社員は静かに黄色い声を上げた。

「いや～いつ見ても眼福だわ。なんかこっち見て笑いかけてくれた気がしたけど、気のせいかしら？」

「さあ、どうでしょう。私は気づきませんでしたけど」

珍しいものを見たとでも思っていそうな梅原に問いかけられたが、妃奈子は首を傾げてみせた。

「そう？　じゃあ気のせいかしら。まああの人いつも微笑んでいるしね。自分に気があるかもって勘違いしちゃう女性が増えなければいいけど」

「そうですね。あ、急がないとお昼時間なくなっちゃいますよ」

「あら、大変。行きましょう！」

妃奈子は梅原を急かし、徒歩五分の距離にあるタイ料理屋に向かった。幸い席は空いていて、注文した料理もすぐに出てきた。

エビの生春巻きを甘酸っぱいソースにつけながら、梅原の話に相槌を打つ。パクチー、エビ、春雨と、ピーナッツの入ったソースが絶妙でおいしい。

「さっきの話に戻るけど、華ちゃんは社長に興味がなさそうね。あ、彼氏一筋とか？」

妃奈子は梅原に、親しみを込めて清華の華だけを取った呼び方をされている。はじめは慣れなかったが、今ではそう呼ぶ同僚も増えてきた。

「いえ、彼氏はいないですよ。社長は……素敵だと思いますけど、お近づきになりたいとは思いませんし、特になんとも」

しまった、かっこいいと言って話を合わせる方が怪しまれずに済んだかも？　と後に気づくが、仕方ない。雪哉とは真逆のタイプを好みの男性として挙げることにした。

「それに私、もっと男性的な人の方が好みなんです」

「そうなの？　筋肉が好きとか？」

「そうですね、筋肉質な体形で男らしい人がかっこいいと思います。えーと、海外のアクション俳優とか、スポーツ選手みたいな」

「そっちか～それじゃあ、確かに社長は綺麗すぎるわね」

――よかった、納得してくれた。

嘘をついてしまって心苦しいが、もうその路線でいくことにした。よく考えてみれば、自分の好みの男性像はあまり考えたことがなかった。自分より弱そうな男性は嫌だが、マッチョすぎる男性もちょっと怖い。

「学生時代、弓道部の男子が好きだったの思い出したわ～」と話しだした梅原に相槌を打ちつつ、そういえば雪哉が弓道部だったのを思い出した。

「旦那様はなにかスポーツはされていたんですか？」

「ううん、うちの旦那はずっと引きこもって研究しているのが好きなやつでね、私でも倒せそうよ」

すごい言いざまである。

梅原の夫は同じ会社の研究室で働いており、梅原とは社内恋愛だったらしい。梅原が押して押して相手を落としたという話を飲み会の席で聞いたときは、どんな男性なのだろうかと興味が湧いたほどだった。

「ところで、明日は給料日ね！　初任給はなにを買うの？」

梅原がグリーンカレーを食べる手を止めて尋ねた。

毎日忙しくて充実した日々を送っていたため、初任給が明日というのをすっかり忘れていた。

「考えてませんでした……もう明日なんですね」

「新しいことを学んでいると時間はパーッと消えちゃうわよね。華ちゃんの場合は四月入社の子たちと違って研修もなかったし、いきなり実務で戸惑ったでしょう」

「いえ、留学中に短い間でしたがインターンもしていたので大丈夫です。仕事を丁寧に教えてもらえるのってありがたいなと思ってました」

「わりと体育会系なイメージがあるわ、海外って。新人研修とかなくて、やって覚えろ的な」

「職種や企業にもよると思いますが、私の周りもそういうところが多かったですね」

一応妃奈子は留学生枠でこの会社に入社した。コネ入社もあるだろうが、それは部署の人間は知らない話である。

日々の業務は梅原や篠宮が教えてくれるのでありがたい。じゃあ頑張って、と丸投げだったインターン時代の方が戸惑うことが多かった。

——初任給かぁ……。

使い道として一般的に聞くのは、両親へのプレゼントだ。

だが妃奈子は両親とほとんど関わり合いがない。母親は新しい家庭がよほど大事なのだろう、御影家の連絡先を知っているはずなのに、離婚以来まったく音沙汰はないし、父親も事務的なメールが年に一、二通届くくらいだ。

両親と顔を合わせたのはいつが最後だっただろう。思えば物心ついた頃から二人はどこかよそよそしく、冷めた家庭環境だった。家族の愛情というものがどういうものか、妃奈子にはよくわからない。

——お世話になっている人への恩返しなら、御影のおじさまと、雪哉さんになるわね……。でも私のお給料で二人にあげられるものなんてほとんどない気がする。

生活になにも不自由がなく、欲しいものはすぐ手に入れられる人たちだ。留学にかかった奨学金を返済しながら貯金をするなら、贈り物に使える金額も多くはない。

——引っ越しもしたいから、一人暮らしをするための資金も貯めなきゃ。

いつまでも御影の屋敷にいることはできない。自立を望むなら、婚活よりも先に屋敷を出て一人暮らしを始めよう。

「梅原さん、私、一人暮らしを始めたいんですが、引っ越し資金ってどのくらい必要でしょうか」

「今って実家暮らしだっけ？　家から会社まで遠いの？」

「えーと、遠くはないです。電車で一時間もかからないですし。でも社会人になったら、自活できるようにならないとと思って」

「それはいい心がけね。若いうちにいろいろ経験した方がいいもの。そうね……引っ越し資金も家賃や敷金礼金、不動産の仲介手数料で変わるけれど、家具や生活用品をすべて揃えるとしたら、三十万は覚悟した方がいいかな～」

「三十万……！」

「格安に抑えたいなら敷金礼金ゼロってところもあるし、都心から離れると家賃も下がるけど……」

「うーん、あまり会社から遠いのも通勤が大変ですよね……」

アパートの引っ越し資金を考えるなら、ますます無駄遣いはできない。

――数か月お金を貯めて、引っ越し先を探そう。物件だってすぐに見つかるわけじゃないし。でも引っ越しシーズンは避けておきたい。

安いアパートなら少しお金を貯めれば引っ越せるだろうが、周辺の治安やセキュリティ面には気をつけたい。

妃奈子の家は一般的な中流家庭だったが、御影の屋敷ではお嬢様暮らしをさせてもらっていた。大学時代は学業に専念した方がいいという理由でアルバイトも反対されたため、妃奈子は多少世間知らずかもしれないと自分でも思うところがあった。

――場所選びをして相場をネットで調べておこう。

だがその前に、プレゼント選びだ。

梅原に、初任給で両親へなにかプレゼントをしたか参考までに尋ねると、彼女はちょっといいレストランでご馳走をした話を聞かせてくれた。

――ちょっといいレストランは、お店選びが難しいな……。

なにせ御影の屋敷にはシェフがいて、外で食べるときは隠れ家風の料亭か予約が難しい三ツ星レストランだ。数万円もするコース料理を食べなれている人たちに、自分がご馳走するのは難しい。

――今夜ゆっくり考えて、明日仕事帰りに買いに行こう。

しかし翌日、定時で帰ろうとした妃奈子に内線電話がかかってきた。相手は雪哉の秘書、天王寺だ。はじめて社長秘書からかかってきた電話に、妃奈子の手がじっとりと汗ばむ。

周囲の人間に動揺を気づかれないように、静かに対応する。

『社長より伝言を承っております。恐れ入りますが、地下の駐車場の入り口でお待ちいただけますか』

「……はい、かしこまりました」

必要最低限の会話のみで、電話を切った。

雪哉が社内でこのような行動をとってきたのははじめてだ。まさか自分の秘書に電話をかけさせるようなことをするとは思わなかった。一体なにを考えているのだろう。

まだ試用期間中の妃奈子は、基本的に残業をすることはない。これから増えるだろうが、それでも月二十時間以内で収められる業務量だと、梅原が言っていた。

定時で上がるのを見越して、電話をかけてきたのだろう。スマートフォンはマナーモードにしており、仕事中はほとんど見ることはない。

連絡が来ていたかもしれないと思い、帰り支度をしながらスマートフォンを確認する。

案の定、一時間前に雪哉から一緒に帰ろうというお誘いが入っていた。

——珍しく仕事が早く終わったのかしら……。

デパートへ寄って、プレゼントを購入するつもりだったが、それは明日へ延期した方がよさそうだ。それに明日は土曜日なので、ゆっくり吟味することができる。

「お先に失礼します」

残っていた篠宮や他の同僚に挨拶をし、妃奈子は言われた通りエレベーターで地下まで下りた。

「……雪哉さん、私が御影の屋敷にお世話になっているのは、他の人は知らないんだから、私的な用事で呼び出すのはやめてほしい」

「今後気をつけます」

ニコニコと笑顔で言われても本心かどうか怪しい。

地下の駐車場にやって来たのは、雪哉一人だった。彼はいつも会社の車で秘書が送り迎えをしているが、今日は自分の車を彼が運転してきたらしい。らしい、というのは、妃奈子は彼と一緒に通勤することを拒んで、毎朝一人で電車通勤をしているから、妃奈子の後に家を出る彼の事情は知らないからだ。

車に乗せられて都内にあるホテルのレストランに到着した。地上五十階から見渡せる夜景は東京タワーもスカイツリーも確認できる。

案内されたのは窓際のテーブル席で、隣のテーブルとの距離が離れており、ゆったりと夜景を眺めながらくつろぐことができる。カップルがデートで使うプロポーズ席のようで落ち着かないが、窓の外を眺めていたら不思議とリラックスできて、運ばれてきた料理を堪能し始める。

「どうして急に食事に誘ってきたの？　家で食べたらいいのに」

フランス産の赤ワインを味わいながら、優雅に食事をする雪哉に尋ねた。常に予約でいっぱいになるレストランに、一体いつ予約を入れたのやら。

食べる手を止めて、雪哉は甘く妃奈子を見つめてくる。愛おしさを隠そうともしない視線に、妃奈子の目はつい泳いでしまう。

「日本に帰ってきてから、ひなちゃんと二人きりの時間がなかなか取れなかったので、ゆっくり食事を楽しみながら話したかったのですよ。四年近く会えなかったのですから」

「……別に、家でだって話せるじゃない」

「誰にも邪魔をされない場所がよかったんです。それに、あなたが就職してからそろそろひと月が経ちますし、そのお祝いも兼ねて」

今日初任給が出たのだから、感謝をするのはこちらの方だ。お祝いをされる立場ではない。

　むずがゆい気持ちを抱えながら、「就職祝いにダイヤのピアスをいただいたわ」と返した。

「さすがに本物のダイヤは会社では目立つもの。普段使いはできないわ。お出かけのときにつけようと思ってる」

「そうですか。ではつけるときは僕を呼んでください。つけて差し上げます」

「え？　わざわざ？　いいよ、自分でできるし」

「ダメです、つけるときも外すときも、僕を呼んでください。いいですね？」

　妙なお願い事だが、雪哉が粘り強く言ってくるのは珍しい。普段は妃奈子の意見を優先するが、こういうときは絶対に折れないというのは長年の経験から知っている。

　妃奈子は渋々頷いた。そんなふうに言われたら、気軽にピアスをつけられなくなるが。

　――なにをこだわっているんだろう。まだ怒っているの？

　雪哉のこだわりを理解するのは難しい。妃奈子は話題を変えることにした。

「雪哉さんってすごい人気があるのね。少しは想像していたけれど、女子社員の人気が想像以上だったわ。アイドルみたい」

「アイドルは言い過ぎかと思いますが、そうですか。それで仕事を頑張ってくれるならうれしいですね」

「天王寺さんも人気があるって聞いたわ。彼は雪哉さんの秘書をして長いの？」

「僕が社長に就任してからずっと支えてくれていますが、その前から秘書課にいますね。とても有能で、気が回るので助かってます」

雪哉が褒めるなら相当優秀なのだろう。話したのは今日の内線がはじめてで、直接挨拶をしたことはない。

──低いバリトンの声が素敵だったな。もし歌も上手でオペラ歌手になったら、すごく人気が出そう。

硬派な見た目で隙のない佇まいは一見とっつきにくそうだが、密かなファンは多そうだ。

「……僕の目の前で他の男のことを考えているのですか」

「え？　他の男って、変な言い方しないで。ただオペラ歌手にいそうな声だなって思ってただけよ」

「いつの間にオペラに興味を？」

「興味っていうほど持ってないわ、普通よ普通。ねえ、そんな話をするために私をディナーに誘ったの？」

呆れ交じりの声で問いかけると、雪哉も冷静さを取り戻したらしい。小さく「すみません」と謝った。

――別に謝ることでもないけど。

やはり離れていた時間は想像以上に長かったらしい。二人きりになるとぎこちない空気が流れてしまう。

オマールエビのリゾットはおいしいはずなのに、どこか味気ない。微妙な空気が窮屈に感じる。

――大人になる前は、どうやって接していたっけ。

雪哉がニューヨークへ赴任する前、妃奈子はまだ高校生だった。幼い頃から優しくお姫様扱いをしてくれる年上の青年が、純粋に大好きだった。

彼に微笑まれるだけで、胸の鼓動が速まった。けれどその恋は、決して叶わないものだとわかっていた。甘酸っぱい記憶だが、思い出すと苦味も感じる。

――いつから距離を取るようになったんだっけ。兄に向けるような親愛の情に、ほんの少しの恋心。憧れも混ざっていただろう。気持ちに変化が起こる決定的な出来事が……。

過去に没頭しそうになるのを、雪哉の声が遮った。

「ひなちゃん、食後はコーヒーか紅茶のどちらがいいですか？」

「……え？　ああ、では紅茶で」

「かしこまりました」

レストランの店員が尋ねている声も聞こえなかった。意識が迷子になっていたらしい。

「お疲れのようですね。仕事は大変ですか？」

雪哉が労わりの声をかけてくる。

せっかく気遣ってくれたのに、ぼんやりしているのは失礼だ。妃奈子はしっかりと雪哉の目を見つめ返した。

「大丈夫。ごめんなさい、ぼんやりして。仕事は覚えることがたくさんあって大変だけど、楽しいわ。部署の皆さんもいい人ばかりだし。人間関係が少し不安だったけどやっていけそう」

「そうですか、それはよかったです。辛いことがあったらいつでも僕に相談してくださいね」

「さすがに社長に相談するのは無理よ」

クスクスと笑うと、雪哉の笑みが深まった。彼もきっと緊張していたのだ。お互いもう子供ではない。十も年下の自分とどう接していいのか。手探り状態だったのは雪哉の方も同じだろう。

デザートに頼んだフォンダンショコラのジェラートのせを食べつつ、熱々の紅茶を啜る。うれしいことにポットで用意された。薄切りのレモンも一緒に入れて、口の中をさっぱりさせる。

「おいしかったですか」

「ええ、おいしかったわ。綺麗な夜景も見られて、すごく癒やされた。連れてきてくれてありがとう」

「それはよかったです。また二人でディナーに来ましょう」

さりげなく次の予定を入れてくるのだから油断できない。

きっと周囲からはデートと思われているだろう。成人前までは兄妹で済まされたことも、今はそうもいかない。妃奈子の考えすぎだろうが、付き合っているわけでもない男女が、何度も高級なレストランに来るべきではない気がした。

「もうお祝いをされることなんてないわ。素敵なレストランは私とじゃなくて……」

恋人と来た方がいい。

そう続けようとして、口を閉ざした。雪哉から向けられる気持ちに気づいているのに、気づかないふりを続けてそう言うのは、まるで計算高い女のようだ。相手に誘いをかけているようにも聞こえる。

曖昧に濁そうとしたが、雪哉はそれを許さなかった。

「イヤです。僕が一緒に食事をしたい女性はひなちゃん以外にいませんよ。プライベートの時間を過ごしたいと思うのも、あなただけです」

「……っ！」

逃がさない、という意志が伝わって来る。

はぐらかすことも、視線を逸らすことすらも許されない。

普通の兄妹だったら、シスコンだとからかうこともできるだろうが、そんなふうに冗談に持ち込むことも難しい。

妃奈子は「わかったわ」と言うのが精一杯だった。


雪哉も飲酒をしたため、車は明日引き取りに来ることにして、タクシーで御影家に帰宅した。

車内で、雪哉はずっと妃奈子の手を握っていた。その手を振りほどくこともできず、妃奈子の戸惑いは強くなる。

――この人は私とどうなりたいんだろう……。

ふとしたときに見せる執着心。熱を帯びた強い視線に、妃奈子の鼓動は否応なしに速まってしまう。

家族の情などではない、はっきりとした男としての恋情。それをぶつけられても、受け止めるだけの覚悟はできず、焦燥感だけが募る。

――このままずるずるとお屋敷にいたらダメだ。取り返しのつかないことになってしまう……。

態度や視線で気持ちをぶつけてくるのに、彼から肝心の言葉はない。それは妃奈子に逃げ道を用意しているからなのか、雪哉に覚悟がないからなのかはわからない。

好きの一言はもらっていないから、まだ大丈夫。もう少しだけ、この曖昧な関係を続けられると、安堵する自分もいる。

雪哉のことは決して嫌いではない、嫌いにはなれない。

だが一歩を踏み出せないのは、彼の内面が見た目通り穏やかではないのを知っているからだ。自分に向けられる感情が、思っている以上に激しいことも察している。

――そうだわ、この人はずっと前から、私を特別な目で見ていた。

淡い恋心が凍り付いた瞬間を覚えている。

あれは妃奈子が高校三年生の十七歳のときだった。その日、深夜に雪哉の部屋のドアが薄く開いていた。

用心深い彼にしては珍しい。

屋敷の使用人も全員寝静まった頃、妃奈子が夜中まで起きていたのは受験勉強をしていたからだ。

まだ寝ないのかと雪哉に声をかけようと思った。薄暗い部屋の中、わずかな灯りがついていて、寝ているわけではなさそうだった。

だが妃奈子は声をかけられなかった。

ヘッドホンをつけた雪哉は、デスクトップのモニターを見つめながら自慰行為をしていたから。

はじめはなにをしているのかわからなかった。モニターに映し出されているのは、たくさんの自分の顔。

写真を撮られた記憶があるものから、いつ撮られたのかわからないものまで、アルバムをめくるように自動で写真が次々と替わっていく。

カメラの方を向いて微笑んでいたり、怒っていたり。ソファでうたた寝をしているものもあった。それらを見つめながら、雪哉は己の欲望を発散させていたのだ。

『ああ……、ひな……っ』

『――ッ！』

後ろ姿しか見えないが、彼の声は聞いたこともないほど艶めいていた。

その声で名前を呼ばれ、妃奈子は息を呑んだ。

あのとき覚えた感情は、嫌悪だったのか歓喜だったのか。身体が一瞬で硬直するほどの衝撃を受けて、目を逸らせなかった。

彼がつけているヘッドホンは、なにが流れているのだろう。

――もしかして、私の声を聴いているの？

妃奈子の声を聴きながら、妃奈子の写真を見て艶っぽい吐息を漏らす雪哉。もし彼の表情が、見たこともない雄の顔をしていて、そうさせているのが自分だとしたら――。

妃奈子は無理やり視線を逸らし、その場から離れた。気配を消して、足音も立てないように心掛けたのを覚えている。

扉を閉めて、ベッドにもぐると、ようやく大きく息を吐けた。心臓がドクドクと鼓動している。これは単なる緊張からか、驚きからか、はたまた興奮からなのか……。

ふと自分の股に違和感を覚えた。

そっとパジャマの下に手を入れると、下着がしっとりと湿っている。

下着が濡れている意味がわからないほど、妃奈子も子供ではなかった。

――どうして……私はそんな子じゃない……！

潔癖な少女が抱いたのは、自慰行為をしている雪哉を見て、身体が興奮してしまった自分への嫌悪感だった。

自分はそんなはしたない人間ではない。でも先ほど聞いた雪哉の声が鼓膜にこびりついている。

雪哉の口から漏れる吐息と、睦言（むつごと）のように自分の名を呼ぶ声。

彼の視線の先には、パソコンのモニター上に次々と映し出される自分の姿が。

思い出すだけで背筋がぞわっとし、ずくんと下腹が疼（うず）いた。はじめての経験に、妃奈子は枕を抱きしめながらギュッと目を瞑（つむ）る。

――呼び捨てなんてされたことなかった。

雪哉と出会ったのは五歳のときだった。幼かった妃奈子を怖がらせないように、雪哉は「ひなちゃん」と呼んだ。それは十二年経った今も変わっていない。

妃奈子はただ、優しくていつも守ってくれる兄のような雪哉が好きだった。

彼の傍にいれば安心できたし、両親とも疎遠な妃奈子が甘えられる対象は、雪哉と御影家当主の雅貴（まさたか）の二人だけ。雅貴はそれこそ本当の娘のように接してくれている。

保護者だと思っていた雪哉が抱いていたのは清らかな感情ではない。もっと欲望が絡んだもの。それを自分に向けられて、妃奈子はどうしていいかわからなくなった。

雪哉が好きだ。でも同時に、想いの種類が違うことを知り、怖いと思った。

多感な年頃の少女にとって、信頼する初恋相手が自分を性的な目で見ていると知ることは、十分戸惑いを生むものだった。

御影家を出て、雪哉と距離を置こうと思ったのも、思えばこれがきっかけだ。

雪哉はきっと近い将来、年齢が近く美しい女性が現れて結婚するだろう。

十も年下の自分とでは、周囲には兄妹にしか見られないし、そもそも一般家庭出身の妃奈子と大企業の御曹司である彼とでは釣り合いだって取れていない。

はじめから淡い恋を成就させるつもりはなかったのだ。ただ傍にいられたらうれしかっただけ。その感情も整理しなければいけない。

彼がいつから自分を性的な目で見ていたのかはわからない。もしかしたら十代の少女なら誰でもよかったのかもしれない。

憶測がさらなる憶測を呼び、妃奈子はこのまま雪哉の傍にいるのはダメだと思った。

大学に入ったら寮生活をしよう。少しずつ自立へ向けて動かなくては。

だが、大学進学の前に雪哉が海外に赴任することになり、二人は離れ離れになった。

はじめのうちは頻繁に日本に帰国していたが、その後は忙しくなったのかほとんど顔を合わせなかった。

あれから数年が経過し、雪哉は三十四歳になった。社会的地位のある男だが、未だに独身だ。婚約の話も、恋人の有無も聞いたことがない。

彼が結婚していない理由は、自分を待っていたからではないか――。自惚れではなく、そう思ってしまう。

妃奈子が未成年だったから自制していたということなら、とっくに成人した自分を彼はどう思っているのだろう。はっきり好きだと口にせずとも、先ほどのディナーの口ぶりから、妃奈子が彼の特別な女性であることは間違いない。

――子供の頃からの憧れや慕う気持ちは完全には消えない。けれど、この人の愛情を受け止めることはできない。

正面から好きだと言ってくれる男性と恋人になりたい。妃奈子はもっと平凡で誠実な恋愛をしたかった。

恋というには重すぎる雪哉の想いには気づかないふりをして、妃奈子はひっそりと御影家から離れる覚悟を決めた。

第二章

妃奈子は初任給で雅貴と雪哉にペンを購入した。

海外ブランドのボールペンで、一本七千円ほどする。万年筆を贈るには予算が足りないし、普段使いするならボールペンの方がいいだろうと、悩んだ末に選んだものだ。

雪哉とディナーに行った翌日に購入し、その日の夜は久しぶりに御影家の当主も揃った。

夕食を終えたダイニングテーブルの上に、妃奈子はギフトラッピングが施された細長い箱をそっと置いた。

「はじめてお給料をいただいたから、おじさまと雪哉さんへ」

少々照れ臭い気持ちを抱きながら、二人に渡す。

一瞬驚いた顔をしたが、彼らはすぐに目尻を下げてその箱を受け取ってくれた。

「まさか初任給で娘からプレゼントをもらえるとは……頑張って働いて稼いだお金なのだから、私たちのことは気にせず自分のために使っていいのだよ」

「ありがとうございます。でも、だからこそ二人にお礼したかったの。あまり大したものじゃないけれど……」

「開けてもいいですか？」

雪哉の問いに、妃奈子は頷いた。

二人とも丁寧にラッピングを剝がしていく。彼らの几帳面な性格が表れていると思う。しっかりとした箱に入っているのは、男性が持つのにちょうどいい太さのボールペン。雅貴のものが、黒地に金色が先端と中央に混ざったタイプで、雪哉は黒地に銀だ。同じデザインの色違いを選んでみた。

「ほう……とても指に馴染む。そして書きやすい」

傍にいた執事の三嶋が、雅貴にさっとメモ帳を渡していた。雅貴は早速試し書きをし、うれしそうに微笑んでいる。

――よかった、気に入ってもらえたみたい。

雪哉はじっくりとペンを眺め、黒でコーティングされたペンの表面を指先で撫でている。なんとなく自分が撫でられているような錯覚を覚え、妃奈子は視線を彷徨わせた。飲みかけの紅茶を手に取り、喉を潤わせる。

「素敵なペンですね、ありがとうございます」

大切なものを扱うようにペンに触れているのを見ると、うれしいはずが気恥ずかしい気持ちになった。

「長く使ってもらえたらうれしいわ」

「ええ、大事に使います」

箱に仕舞おうとしていた雪哉のペンを、雅貴が覗き込んだ。

「おや、私とお揃いか。シルバーも品があっていいデザインだな」

「そうですね、ひなちゃんが私たちに合う色を選んでくれたと思うと、肌身離さず持ち歩かなくては」

「え、そこまでしなくていいわよ」

冗談めかした口調だったが、本当にしそうで怖い。

「しかし、あんなに小さかったひなちゃんが、もう立派な社会人とは……。娘が成長するのは早いものだね。息子のときはなんにも思わなかったが、娘になると感慨深い」

「可愛げのない息子ですみません」

クスクスと笑い合う姿は仲のいい親子といった様子で微笑ましい。

雅貴は今年で六十二歳になったが、まだまだ現役だ。御影家の当主として、グループのトップに立ち多忙な日々を送っている。

雪哉の母親は彼が幼少の頃に病死した。雅貴が後妻を迎えなかったのは、病死した妻を深く愛していたからだと、長年御影家に仕える使用人から聞いていた。

愛情深く人格者である雅貴に、妃奈子は実の娘のように可愛がられている。実の父親への愛情はほとんどないが、雅貴に対しては感謝と尊敬の気持ちを抱いていた。

「せっかくお祝いをいただいたんだ、記念にワインをあけよう。三嶋、女性にも飲みやすいものを持ってきてくれ」

「かしこまりました」

三嶋が心得たようにきびすを返し、ワインセラーから二本、白と赤のワインボトルを持ってきた。

「ひなちゃん、どっちが飲みたい？」

「では、白をお願いします」

ワインはあまり詳しくはないが、深い風味よりさっぱりとしたものが飲みたくて白を頼む。用意されたワイングラスに、薄く色づいた白ワインが注がれる。爽やかな香りとフルーティーな味わいが口いっぱいに広がった。とても飲みやすい。

「おいしい」

「それはよかった。こうしてお酒を一緒に飲める年になったなんてうれしいねぇ」

雅貴が上機嫌にワインを呷る。彼の隣に座る雪哉も上品にワインを飲んでいた。

——ワイングラスを持つ姿が絵になる親子も珍しい……。

雪哉が年を取れば雅貴のようになるのだろうと思えるほど、二人はよく似ている。穏やかに微笑む顔もそっくりだ。

社内に雅貴の女性ファンが多いのも頷ける。

——ますます私が一緒に住んでいるのは、隠した方がいいわね……。

余計な憶測は避けるが吉だ。

口当たりのいいワインをグラス二杯ほど空けたところで、妃奈子は眠気に襲われた。

人前で飲むときは自制しているため、付き合い程度にしか飲まないし酔ったこともないが、どうやら楽しい食事を終えて気が緩んでいたようだ。

「旦那様、お電話が入っております」

三嶋に呼ばれ、雅貴がダイニングルームを去った後、妃奈子の瞼は急速に重くなる。

「ひなちゃん、眠いのですか？」

「う……ん」

水の入ったグラスを渡され、喉を潤わせたが、眠気は消えてくれない。

「私、そろそろ部屋に行くね……」

立ち上がったと同時に、足元がぐらついた。咄嗟に身体を支えたのは、すぐ傍にいた雪哉だ。

「僕が部屋まで運びますよ。腕を僕の首に回して」

ぼんやりした頭がかろうじて働く。

一瞬の浮遊感の後、妃奈子の身体は横抱きにされていた。雪哉に言われた通り、彼の首に腕を巻きつける。

がっしりとした腕は安心感があり、嗅ぎ慣れた匂いもどこかほっとさせる。ゆっくりと歩く振動が身体に伝わり、妃奈子の意識はすぐさま夢の中へ沈んでいった。

「……寝てしまいましたか」

目尻を下げてうっそりと笑う雪哉の表情を、妃奈子が見ることはなかった。

扉を開け、ベッドの上に妃奈子を寝かせると、雪哉はベッドの端に腰を下ろした。

薄く化粧を施された顔は、すっかり大人の女性の色気がある。記憶の中の少女は、あっという間にさなぎから蝶へと変貌していた。その過程を間近で眺めることができなかったのが悔しい。

お酒を呑んでほんのりと顔が赤い。こんなふうに顔を赤くして、潤んだ目で見上げられたら、自制心が激しく揺さぶられることだろう。

「ひなちゃん……」

静かに名前を呼んでも、寝ている彼女が応えることはない。

クセのないまっすぐな黒髪を一房持ち上げ、それが手の上を滑る感触を楽しんだ。

父親である雅貴は、妃奈子のことを本当の娘のように思っている。彼女の幸せを願い、力になれることがあれば遠慮なく頼ってほしいと、心から思っているのを知っていた。

雅貴が父親らしく妃奈子の意志を尊重し、自立をサポートしようとしているのとは逆に、雪哉は妃奈子を手元に留めようとしている。

子供の頃から慈しんできた相手が、どこの馬の骨だかわからない男に奪われるなどあってはならない。妃奈子が一番に頼る男は自分であるべきだし、離れられないように依存させようとしてきた。

——自分の傍にいれば安全なのに、何故危険な外の世界へ羽ばたこうとする？

彼女にとって居心地のいい空間を作り、自分の居場所はここなのだと思わせなければ。そんな息子の危うさに、雅貴は気づいていたのかもしれない。妃奈子が大学に進学する直前、雪哉は海外支社への赴任を命じられた。

「……ずっと傍で見守っていたかったんだけどね」

少女が大人になっていく姿を間近で見ていたかった。

だが実際そんな姿を見ていたら、雪哉は妃奈子が二十歳を迎えたと同時に、彼女を自分のものにしていただろう。そんなことをすれば軽蔑されることはわかっているのに。

物理的に距離ができたのは、結果としてよかったのだ。頭を冷やし、今後どう距離を詰めていくか冷静に考えることもできた。

再びこの屋敷に戻ってきた彼女はもう保護者が必要な年齢ではない。自分のことは自分で判断できるし、自由に羽ばたける。

ようやく、雪哉は遠慮せず妃奈子に手を出せる。長い時間待ち続けて、彼女に恋人がいないことを知れば、もう後戻りはできない。

「僕はね、ひなちゃん。ずっと前から、あなただけに恋い焦がれているんです」

慣れた手つきでそっと妃奈子の顔を撫でる。細い首から耳にかけて指先を滑らせた。耳には小さな穴があいているが、そこにピアスはつけられていない。

たかがピアスの穴をあけただけで、雪哉は自分でも驚くほどの不快感が込み上げた。だが、妃奈子の無垢な身体に穴をあけたのだから、あけた人物に嫉妬心を抱いても仕方ない。

耳たぶに触れながら、雪哉は自嘲めいた笑みを零した。

「もう二度と僕に内緒で穴をあけてはダメですよ。あなたの身体に消えない傷を刻むのは、僕だけです」

そっと顔を寄せて、耳を食む。舌先でぺろりと耳たぶを舐めると、妃奈子の口から掠れた吐息が漏れた。

「ン……」

ゆっくりと身体を起こし、妃奈子を見下ろす。

はじめて会ったときからもう二十年近くが経過している。幼くあどけない少女に庇護欲を刺激された日々を、雪哉はまざまざと思い出せる。

「妃奈子……」

この唇を奪いたい。だがそれは彼女の意識があるときにしなければ意味がない。

どんなに忙しくても、雪哉は日に一度は妃奈子と顔を合わせるようにしている。帰宅が遅くなったときは、寝静まった彼女の部屋に行き、妃奈子の寝顔を見て己の衝動を抑え込んでいた。

――可愛い可愛い僕のひな……。僕が、僕だけが、あなたを守ってあげられる。

黒い双眸（そうぼう）が暗く沈む。薄く口角を上げた表情には、今まで積み重ねてきた感情と決意が込められていた。

妃奈子の部屋を出て、雪哉は自室へ戻った。隣接するバスルームに入り、頭からシャワーを浴びる。

まるで呪いのように、一人の女性を渇望（かつぼう）する気持ちが止められない。

はじめて出会ったときから、さんざん待った。二十歳を迎えるまではと我慢し続け、さらに数年、彼女を自由にさせた。

たくさん外を見て回り、それでも自分の帰る場所は雪哉の隣だと思い知ればいい。そう思わせるように、妃奈子を優しく守り続けてきたのだ。

彼女は勘違いをしている。雪哉以上に彼女を想う男などいないというのに、適当にネットで出会った男と交流を重ねてもうまくいくはずがない。

「ひなちゃん、ひな……」

目を瞑るだけで、先ほど雪哉に見せていた無防備な寝顔やはにかんだ笑顔が思い出せる。少し怒った顔も、拗ねた顔も、泣き顔も。彼女の表情はひとつも漏らさず、雪哉の記憶に保存されている。

視線が合うだけで高揚するなど、彼女は知らないだろう。笑顔ひとつで、激しい衝動を覚えることも。

「……ッ、ハァ……」

どろりとした白濁が手を汚すのは何夜目だろうか。

数えきれないほど、雪哉は妃奈子の顔を思い出しながら、彼女を穢している。

自分から離れようとしていることは気づいていた。

世間一般的には、子供が自立を目指すのは立派だと言うだろう。

しかしそんなことは許さない。彼女にそんな精神は必要ない。そう思うたびに、雪哉の瞳がどろりと暗く濁っていく。

精の残骸はシャワーで洗い流せても、一度昂ってしまった欲望はなかなか治まらない。

――他の女性はいらない、欲しいのは彼女だけなんて、どうかしている……。

飢えた獣の欲望と、蛇に似た執着心。雪哉は制御のできない己の心を、自分自身でも持て余している。

雪哉の願いはただひとつ――妃奈子の心が欲しい。

どんなことをしてでも手に入れる。そのためになにかを失ったとしても。

◆　◆　◆

妃奈子が雪哉の会社に入社して二か月が経過した。

十一月に入ると朝晩の寒暖差が増し、冬の訪れを感じることもある。

日々の業務にも大分慣れてきて、充実した日々を送っていたある日のこと。

大学時代の友人から誘いを受けて、都内で開催される婚活イベントに参加することになった。

「職場で出会いがなさそうなら、外で調達しないと。二十代はあっという間に消えちゃうわよ！」

ブライダル業界に就職した妃奈子の友人、綾香が意気込みを見せた。

彼女はショートカットが似合う背の高い美人だが、就職してから恋人はいないらしい。

職場の男性は既婚者ばかり。仕事を通じて出会うのは幸せなカップルばかりで、独り身の女性が入り込む隙はないそうだ。

「久しぶりに連絡が来たから、ご飯を食べに行くんだと思っていたのに……まさか婚活イベントって」

仕事帰りに待ち合わせ場所に向かってみれば、自分でも知らないうちに参加が決まっていた。妃奈子が参加できなかったらどうするつもりだったのか。

合流した綾香に脱力気味に言うと、彼女は悪びれる様子もなく、妃奈子をデパートのトイレに連れ込んだ。

「一度くらい試してみるのもいい人生経験じゃない。とりあえずメイク直しするわよ。もしかしたら運命の出会いがあるかもしれないんだから、身だしなみはきちんとしなきゃね」

始まる時間までまだ余裕がある。妃奈子は渋々綾香に従い、化粧直しの鏡を覗き込んだ。

「確かにメイク崩れてる……」

アイライナーを引き直し、パウダーでテカりも抑える。皮脂で崩れたアイシャドウもパパッと塗り直した。

あまり濃いメイクは仕事に必要ないと思い、会社では常に薄化粧だ。チークもどこまで入れていいのかわからず、色味を使わないメイクばかりしている。

「色つきリップでいいか……」

「甘い、がっつりルージュをひきなさい」

小さな呟きだったのに、綾香の耳にはちゃんと聞こえていたらしい。しかし手持ちのポーチにはリップしか入っていない。

すると綾香がトートバッグから小さな紙袋を手渡してきた。

「はい、あげる」

「え？」

「うちのお姉ちゃんがくれたのよ。だから気にしないで受け取って」

確か綾香の姉は化粧品会社に勤めている。中から出てきたのは、やはり化粧品ブランドの口紅だった。

新色の秋色ルージュは、見た目は紫がかった濃い赤だ。しかし唇に塗ってみると、不自然さはなく、唇に馴染む綺麗な色だった。

「ありがとう、うれしい」

「うん、やっぱりいい色だったわ。色白の妃奈子に似合うと思ったんだ」

綾香に礼を言い、髪の毛をアップにまとめる。仕事中はシュシュでひとつにまとめることが多いが、少しアレンジを加えて手の込んだまとめ髪にしてみた。

「うむ、うなじ見せはポイント高いわね」

「そう？　でも確かに、浴衣を着ている女性の首元は綺麗かも」

綾香とはメッセージアプリで連絡を取り合っていたが、実際に会うのは久しぶりだった。

婚活にも興味はあるが、正直なところ、今のように気心の知れた友人とお出かけ前の準備をしている方が楽しいと思ってしまう。

　自分は恋よりも友情を優先したいのかもしれない。そう思いながら、妃奈了は綾香に連れられて、イベント会場に向かった。


　二時間後、二人は小さな焼き鳥屋で向かい合って座っていた。

　手には梅酒のロック。テーブルには熱々の焼き鳥が香ばしい匂いを漂わせている。

「とりあえず、お疲れ～」

　グラスを合わせ、冷たい梅酒を一口呑む。店主一押しと書かれていた通り、大粒の梅が入った梅酒は、甘すぎず酸味が利いていておいしい。

　レバーを味わいながら、妃奈子は先ほどまで参加していたイベントを思い返す。

「……うん、いい人生経験にはなったかな」

「期待外れでごめんね」

「いや、一人じゃ行く勇気はないから、誘ってもらえてよかったよ。それにこうして綾香とおいしい焼き鳥も食べられてるし」

　互いにはじめての婚活イベントは、少々思っていたのと違った。

立食のパーティー形式だと思っていたが、リラックスできるラウンジのような場所で、それぞれにタブレット端末を渡された。

プロフィールを入力し、いくつか細かな質問にも答えていく。自己紹介をするときも、このタブレット端末を持ったまま移動するのだという。相手とは三分間話す時間が与えられ、好印象ならタブレット上で相手にハートを送るらしい。

今回は男性よりも女性の方が多く、話す相手がいないときは休憩できた。その間、妃奈子はウーロン茶を飲んで喉を潤わせていたが、慣れないシステムに開始十五分ですでに疲れ始めていた。

決められた時間内で初対面の男性と挨拶をし、どこまで互いに探りを入れられるかが重要だ。もっと相手を知りたいと思ってもらえるか、コミュニケーションスキルが問われるものだった。

妃奈子は別に人見知りではないし、人前で話すことにも慣れている。

だが、十数人の男性と三分ごとに自己紹介から始め、チェンジの繰り返しを続けていたらさすがに疲れてしまった。表情筋が強張っている。

綾香が鶏皮の塩を食べながら、感想を述べた。

「まあ、合理的ではあったわよね。相手ともう少し話したいかどうか、三分以内に判断せよというミッションだと思うと、おもしろかったわ。自分からアピールも送れるし」

「そうね、気になる人がいたら連絡先も交換できるものね」

「え、妃奈子は誰かに渡したの？」

「ううん、気になる人がいなかったから渡してない。綾香は？」

「一応何人かには渡したけど、もう誰が誰だか覚えてないし、連絡来ても返さないかなぁ」

――出会いって難しいのね……。結婚相手なんてそう簡単に見つかるわけないか。

無意識に、恋愛対象になりそうな男を雪哉と比べてしまう。

丁寧な話し方、上品な仕草、さりげない相手への気遣い。

雪哉と同年齢の男性がいたが、こちらが年下だとわかる前からため口で話しかけられ、わずかに口許が引きつった。それをフレンドリーと解釈できればいいのだろうが、初対面の女性に対して馴れ馴れしいという印象の方が強い。

まだ会話が苦手な男性の方が好印象だった。しかし男性的な魅力を感じたかと言われると、微妙なところだ。

――難しい、私って恋愛できないのかも……。

複雑な顔をして黙り込む妃奈子に綾香が提案する。

「っていうかさ、妃奈子の相手はもうあの過保護な親戚のお兄さんでいいんじゃない？」

「え？」

「ほら、一緒に住んでるって言ってた美形のお兄さん。あ、もう結婚してる？　年上だったもんね」

スマートフォンのアルバムを整理していたときに、雪哉の写真を見られたことがあった。高校の卒業式で撮った写真だったか。

雪哉は妃奈子の卒業式に出たその足で赴任先のニューヨークに旅立った。身内として現れたのが美形の雪哉だったため、同級生のみならず保護者席もざわついていたことを思い出す。

「よく覚えてたね、まだ結婚してないよ」

「そうなんだ、モテそうなのに独身貴族の身分を謳歌してるってわけね。まあ、あんだけかっこいいと、隣を歩く女性はいらぬ苦労をしそうだしね」

――確かに。

街中を一緒に歩くだけで視線がすごい。雪哉と出かけるときは、基本的に車で移動してレストランなどにすぐ入ってしまうから、あまり注目を浴びずに済んでいたが。人混みを歩くのは難しそうだ。

――ダメだわ、こんなんじゃ。他の男性を雪哉さんと比べてしまうのも、たった一回の婚活パーティーが微妙だったからって恋愛に消極的になっちゃうのも。

美醜のこだわりはないはずだ。人それぞれ味わいのある顔立ちをしているだけ。

清潔感のない男性はお断りだが、生理的な嫌悪感を抱かない男性で共通の話題があれば、ロンドンで勇気を出したように会ってみるのもいいかもしれない。

梅酒を飲み干し、レモンサワーを頼む。すっきりした飲み物でさっぱりしたい気分だった。

ジョッキで届いたレモンサワーを飲みながら、妃奈子は綾香に宣言した。

「決めた。私、婚活するわ」

「急にやる気出したわね〜。じゃあ私も頑張る！」

引っ越し資金を貯めて、婚活する。いや、結婚の前に恋愛がしたいので、恋活になるのだろうか。

どちらにせよ、誠実な男性と穏やかに愛を育むお付き合いがしたい。

そうして、綾香と共に翌週別のイベントに参加することになったが、恋の女神はなかなか妃奈子に微笑まなかった。

◆
◆
◆

——恋はするものではなく、落ちるものって本当なのかもしれない……。

素敵な相手を探そうと頑張っても、いいなと思える人はなかなかいない。

出会いの場に行くだけではなく、自分も男性にモテる仕草やファッションを学ぶべきだろうか。そういえば外見を磨く努力を怠っていたことに気づく。

——いっそのことイメチェンをしてみるとか……。

学生時代から変わらない、黒髪ロングのストレート。服装は膝下のフレアスカートか、たまにパンツスタイルで出勤している。女性らしいフェミニンなこの服装は雪哉の趣味も関係しているが、清潔感のあるきちんとした服装を考えたら無難なスカートが増えてしまっていた。

髪の毛を切るのは少々勇気がいる。胸下まで伸ばした髪は、それなりに手入れにも時間をかけているのだ。

髪を染めてみるにしても、ここまでヴァージンヘアを守ってきたからこれも少々勇気がいる。

——私、わりと保守的で臆病だったのね……。知らなかったわ。

変わりたいと願っているのに、変わることを恐れている。

そんなことではダメだ、一歩も前に進めない。

――よし、ヘアサロンに行こう。あとコスメも買って、男性とお近づきになろう。

安易な考えだが、内面を変えるならまずは外見から。女性は見た目が変われば自信がついてくる。

オシャレな梅原に行きつけのサロンを教えてもらい、運よく仕事帰りの時間が空いていた。定時で上がれば間に合う。

夕食の時間に遅れることを三嶋に連絡し、妃奈子は午後の業務により一層集中して取り組んだ。


「ただいま戻りました」

最寄り駅から徒歩十分。

セキュリティが万全な御影家の屋敷に入るには、まず門に特殊な鍵を差し込み、バイオメトリクス認証をする。洋風の屋敷の正面玄関はカードキーをかざして入るのだが、玄関にもセキュリティのカメラが備え付けられている。

いくつもの鍵を持つのはもうとっくに慣れた。早い時間に帰宅するときは、御影家の使用人に連絡をして扉を開けてもらっている。

「お帰りなさいませ、妃奈子様。おや、素敵な御髪ですね」

「ありがとうございます、三嶋さん。イメージチェンジしてみました」

「よくお似合いですよ」

派手すぎず清潔感もある髪色を美容師と相談し、明るすぎない茶色にした。イメージは、テレビで見かける女性のニュースキャスターだ。知的に見えて、洗練された大人な女性を目指したい。

毛先には緩やかなウェーブがつくよう、パーマをかけた。職場で髪をひとつにくくっても、動きがある分オシャレに見えるしアレンジがしやすいだろう。髪がまとめやすくなるだけでも、時間の短縮になる。

今まで髪の長さを調整したり、前髪を作るくらいしか髪型を変えてこなかったが、ここまで大胆にすると気分が高揚してくる。美容師に三回ほど、本当にいいのかと念押しされたが、妃奈子に悔いはない。これも新たな冒険だ。

「お夕食はどうなさいますか」

「ありがとう、着替えたらいただきます。もうおじさまと雪哉さんは帰宅されてますか？」

「いえ、お二人ともまだお帰りになっていません」

「そうですか。私のことは一人でできるので、三嶋さんもゆっくりしてくださいね」

家のことを取り仕切る執事は常に多忙だ。自分一人のために休めないのは申し訳ない。

自室に戻り、室内着として重宝しているワンピースに着替える。人目があるので、家の中でもあまり気の抜けた格好はできない。

洗面所の鏡に映る姿をじっくりと見つめると、不思議な心地になってきた。

「うん、新鮮だわ。明るい髪色も似合うんじゃない？」

これまで服もメイクも、シンプルなものを好んできた。良く言えば大人しいお嬢様といった感じだが、これからはもう少し遊び心のあるファッションも楽しんだらいいかもしれない。

週明けに梅原に会ったら何と言われるだろうか。まずは腕のいいサロンを紹介してもらったお礼を言わなければ。

夕飯を軽めに済ませ、自室に戻ろうとしたところで、雪哉が帰宅した。

もう二十一時を過ぎている。極力家で夕食をとろうとする彼にしては遅い帰宅だ。もしかしたら会食でもあったのだろうか。

「お帰りなさい」

二階の踊り場から声をかけると、雪哉は妃奈子を見て珍しく驚いた顔をした。

いつもよりも早足で階段を上がってくる。

雪哉はあっという間に妃奈子の目の前にやって来た。穏やかな笑みは消えている。困惑している様子だ。

「どうしたんですか、その髪」

「イメージチェンジしてみたの。気分転換がしてみたくって。似合わないかな？」

「……いえ、その髪型も可愛らしいです。でも僕は、ひなちゃんには艶やかな黒い髪がお似合いだと思います」

「ありがとう。でももう飽きちゃった」

ああ、やっぱり……と妃奈子は思った。

雪哉は決して妃奈子の外見を否定しない。だが彼の好みは上品でお淑（しと）やかなお嬢様だ。日本人形のような髪型が似合い、大和撫子（やまとなでしこ）に見える女性。彼は昔から、妃奈子の髪をまっすぐで美しいと褒めていた。

彼の反応を見て、妃奈子は思い切って髪型を変えてよかったと改めて思った。自分は決して従順な人間ではないのだと知らせたかった。

——まるで遅くやって来た反抗期みたいだわ。

彼が執着する『理想の妃奈子』から少しずつ離れていく。

雪哉の中の妃奈子は、きっと幼い少女のままだ。でも実際は、もう一人の大人として自由に歩くことができるのだ。わかっているようで、彼はそこから目を逸らそうとしている。いや、認めたくないのかもしれない。妃奈子だっていつか彼のもとから離れる可能性があることを。

留学しても、外の世界を見て来ても、妃奈子は彼のもとに戻って来ると信じている節がある。

――私はもう大人で、雪哉さんの理想の女性でもなければ、彼の可愛い妹でもない。

妃奈子は少しずつ自分の道を歩いて行く。お金を貯めて、御影邸を出て、恋人を作って結婚する。それが健全なライフプランであり、それ以外の道は考えてはいけない。

雪哉がいくら誘惑しようとも、歩みを止めるのはすべてを諦めたときだ。

妃奈子が私室の方へ歩きだすと、雪哉がついてくる。彼の部屋は妃奈子の部屋の隣にある。彼も部屋で休むつもりなのだろう。

御影邸は三階の右翼に当主のマスターベッドルームと雪哉、妃奈子の部屋があり、左翼に客室が並んでいる。使用人は二階の部屋で寝泊まりしていて、同じ敷地内に執事の三嶋一家が住んでいる。

隣に追いついた雪哉が妃奈子に問いかける。

「ひなちゃん、僕になにか隠し事をしていませんか」

「隠し事？」

彼はいきなりなにを訊いてくるのだろう。

誰しも秘密のひとつやふたつは持っているし、特に言う必要がないと思うことだってある。

「え、なんだろう。最近少し太ってヤバイこと？」

去年穿いていたジーンズが若干苦しい。御影邸で出される料理がおいしすぎて、つい食べすぎてしまうからだ。

妃奈子の部屋の前に到着した。

雪哉はじっと彼女を見下ろす。まるで妃奈子の表情にやましいところがないかを探っているようだ。

口許は笑っているのに、目の奥が笑っていない。一見、柔らかな印象を与える雪哉の微笑に、妃奈子の背筋がピンと伸びた。

「少しふっくらしているひなちゃんも可愛いですよ」

「や、やっぱり太ったのバレてたのね……！　恥ずかしい」

軽口を交わしているだけなのに、空気が重く感じる。口内の水分も緊張で奪われ、喉が渇いていた。

　雪哉の手が伸びる。繊細な美貌を持っているが、彼の手は男性的だ。とはいえ骨ばった指は長く、美しい。その指が妃奈子の髪に触れた。

「……あなたが突然髪型を変えたのは、好きな男性ができたからですか」

「……え？」

　予想外の問いかけに、妃奈子の声が掠れた。

　そのわずかな動揺を雪哉が見逃すはずもなく、彼は目を細め、妃奈子の髪に己の指を絡めた。指と指の間に絡まる髪が、まるで自分の立場のように感じ、妃奈子の喉がひくりと引きつる。

「どうしたの、急に。私に恋人がいないのは、雪哉さんだって知ってるでしょ」

　ロンドンにいた頃恋人がいなかったのは彼も把握済みだろう。帰国後は仕事に慣れるのに必死でそれどころではなかったことも知っているだろうに。そもそも同じ部署には既婚男性しかいないから会社でどうこうなることもありえない。

　だがそこでふと、独身男性のいない部署に回されたのは、雪哉の采配によるものなのではないかと思った。

　今の仕事に不満はなく、妃奈子自身も納得している。しかし思い返せば、雪哉はいつも自分の思惑どおりに事を進めてきた。妃奈子の意志を尊重しているように思わせておいて、雪哉の望む方向に誘導してきたのだ。

平常心を装うことを諦めて、妃奈子は眉を寄せて彼を見上げた。彼の肩までしかない妃奈子の身長では、至近距離から見上げると首が痛い。

雪哉は妃奈子を引き寄せ、肩を抱いた。自由な方の手で妃奈子の背後の扉を開き、中へ入る。

電気をつけ、部屋が明るく灯されたのと同時に、扉が閉められた。カチャリ、と施錠される音が響く。

「なに……、いきなり」

雪哉がこんなふうに強引な行動をとることは珍しい。無断で部屋に入ってくることはもちろんないし、入るときはいつも必ずノックをするくらいだ。きちんと紳士的な態度で接してくれていた。……今までは。

「あなたが僕に内緒で、結婚相手を見つけようとしているのは知っていますよ。婚活イベント、でしたか。残念ながら気になる男性はいなかったようですが」

「……なんでそれを」

まったく残念だとも思っていない口ぶりで、妃奈子の行動を告げられる。薄々わかってはいたが、彼の口からはっきり告げられると、妃奈子の腕に鳥肌が立つ。ましてや気になる男性がいないことまでお見通しだなんて、どこまで把握しているのだろう。

「ファッション誌に出てくる女性のように、髪の毛を染めてパーマもかけて、イメージチェンジをしたのは男性にモテるためですか。女性は髪型を変えればメイクもファッションも変えますよね。無防備な格好をして、雄を引き寄せるつもりですか？」

「そんな、つもりじゃ……」

強い力で肩を抱かれていて身動きが取れない。いや、子供の頃から積み重ねてきた雪哉への気持ちが、彼を力ずくで引き離そうとするのを拒む。

妃奈子の視線が揺れた。この場をどう収拾すべきかと考えている隙に、雪哉が妃奈子を抱きかかえた。

「キャ……！」

「暴れないでください、危ないので」

子供のように縦に持ち上げられ、どこに連れて行かれるのかわからない。

ソファでじっくり尋問でもされるのかと思いきや、雪哉の行動は妃奈子が考える以上に大胆だった。

「……っ！」

背中が柔らかなマットレスに沈む。ベッドの上に落とされたのだと気づいたとき、妃奈子の顔から血の気が引いた。

「雪哉さん、なにを……」

彼は自分の上に覆いかぶさるように見つめてくる。手首を彼の大きな手で拘束され、脚の間に雪哉の膝が割り入っていた。スカートが邪魔をして足を上げることもできない。

女性を押し倒すのに慣れているらしい。どうやったら行動を制限できるか、経験から知っているようだ。

「こうでもしないと、ひなちゃんは僕を見ようとしないでしょう」

「……どういう意味？」

「僕を男だと意識していない。いや、意識しないようにしている、と言っているんです」

間近に迫る表情は真剣そのものだ。

まつ毛がくっきり見えるほどの距離で見下ろされ、妃奈子の心臓がドクンと跳ねた。手首の脈拍から、妃奈子の緊張が雪哉に伝わりそうだ。

——まるで私に男として意識されたいと言っているみたい。

いや、それこそが雪哉の目的なのだろう。いい加減彼も自分との距離に、変化をもたらしたいと思っているのだ。

雪哉はこれまでずっと決定的なことを言わずにいた。

嫉妬と独占欲の混じった双眸が、妃奈子をまっすぐ見つめてくる。

「僕以外の男に近づき、可愛く着飾った格好を見せるなんて、僕を嫉妬で狂わせるつもりですか？」

「……雪哉さん、落ち着いて。話ならちゃんと座って、ソファで聞くから」

「いいえ。僕は落ち着いていますし、ソファへの移動は必要ありません。覚悟を決めるのは、あなたの方です」

「……言っている意味がわからないわ」

ああ、この男はやはり生ぬるい今の関係を壊そうとしている。

このままの距離に甘んじることはできないのだと、断言された気分だ。

――どうしよう、ここでこの家を離れて一人暮らしをしたいとでも言ったら、どうなるかわからない……。

嫉妬で狂うと言った言葉の通り、雪哉の瞳の奥には仄暗い焔が見える。ゆらゆらと揺れるそれは、静かな激情。そして隠しきれない欲望も潜んでいた。

目を逸らすことは許されない。強い眼差しに、妃奈子の視線も、吐息すら捕らわれる。

閉ざされた寝室の中で、雪哉は妃奈子に己の本心を告げた。

「僕はあなた以外の女性と結婚するつもりはありません」

「――ッ！」

聞き間違いではない、はっきりとした宣言。妃奈子は目を見開き、息を呑んだ。

「私、と……？　いきなり、なにを言ってるの」

「……ひどいですね、いきなりではないのはあなたも知っているでしょう？　僕の大事な女性はずっと、ただ一人なのですから」

雪哉は妃奈子の両手首から右手を放し、彼女の頬をそっと撫でた。

壊れものを扱うように、指先が妃奈子の輪郭をなぞる。くすぐったさの中に淫靡な思惑も感じ取れて、妃奈子の心拍数が速まった。

「あなたはまだ社会人になって間もないから、仕事を優先させてあげただけです。今は社会人としての経験を積む大事な期間だと思っていたから。でも、婚活イベントに行くくらいの余裕ができたのなら、僕も遠慮はいりませんよね」

社会人としての経験値を上げて欲しいというのも、雪哉の本心なのだろう。

だが、そんな気遣いは無用だと考え直したようだ。婚活をする余裕ができたのなら、自分も本気でアプローチをしてもいいだろうと。

――どうしよう……。

この場を打開する策が見当たらない。

子供の頃から憧れていて、けれどこのままずっと一緒にいることはできないと思っていた人から求められて、素直にうれしいと思う気持ちもある。だがその気持ちは兄以上恋人未満の、幼いものだ。

彼に抱いている気持ちが恋なのかわからない。

——結婚を求められても、好きの一言ももらえていない。

子供っぽい言い訳だと思うが、言葉にして「好き」と言われていないのが、心の奥で引っかかるのだ。だがきっと、望む言葉をもらえたとしても雪哉の気持ちに応じることはできない。

相手に求められているから応えるのではなく、自分の意志で決めたい。雰囲気に流されても、互いが不幸になるだけだ。

「ごめんなさい。私は、雪哉さんの気持ちに応えることはできないわ」

中途半端な気持ちで可能性を残しておくのは、相手にも不誠実だ。雪哉はさっとそれでもいいと言うだろうが、妃奈子自身が許せない。今彼に抱いている気持ちは、恋心とは呼べないものだ。

「それでも、真にあなたを愛し、寄り添うことができる人間は僕以外にいませんよ。ひなちゃんは、ご両親から愛情を得られず、幼いあなたがいつも寂しさを抱えていたのを、僕は知っています。今もあなたが愛情に飢え、無意識に自分の家族を欲していることも」

「……」

雪哉にそう言われ、確かに思い当たる節があった。

妃奈子が早く結婚したいと思うのは、自分と血の繋がりのある子供が欲しいからでもあった。自分は決して子供に寂しい思いをさせない。夫となった人と温かい家庭を築き、子供に家族の愛を知ってもらいたい、そう思っていた。

「あなたは、あなたを裏切ることがなく、ずっと傍にいてくれる相手を求めている。それは全部僕が与えましょう。家族愛も親愛も、情熱的な男女の愛も。僕がすべてひなちゃんに与えます。あなたはただ、僕の愛に溺れていればいい」

それはなんて甘い誘惑だろう。

話をする友人はいても、特別仲のいい相手がいたことはない。人とのコミュニケーションに不安はないが、相手に深入りすることを恐れ、ブレーキをかけてしまう。

両親はかつて愛し合っていたはずなのに、別れてしまった。彼らの愛情が冷え切っていたのを覚えている。永遠の愛などないのだと幼い頃に知ってしまったせいで、いずれやってくる別れを怖がってしまうのだ。

雪哉と結婚すれば、心のどこかに空いてしまった穴が、満たされるかもしれない。

――孤独だった私にずっと寄り添ってくれたのは、雪哉さんとおじさまだけだった……。

御影邸に住むことになったときも、心細い気持ちになったときも、不安を取り除くようにずっと雪哉が傍にいた。

両親が離婚した際、どちらも自分を引き取りたくないと知ったとき、雪哉が名乗り出てくれてどんなに安堵したことか。

ついさっき拒絶したくせに、頷いてしまおうか、と妃奈子の心が囁く。

思う存分甘えても、きっと彼は受け止めてくれるだろう。むしろ、妃奈子が彼に甘えることこそが、彼の望みでもあるのだから。

だが、それでは一生自立ができないし、成長も望めない。

妃奈子の心は雪哉に大きく傾いたが、すんでのところで首を左右に振った。

「ごめんなさい。私は、雪哉さんを異性として愛しているわけではないわ。あなたに向ける気持ちが恋心じゃないのに、雪哉さんの愛を受け入れることはできない」

妃奈子の弱い心を柔らかく撫でられ、その心地よさに流されたくなった。

しかし流されてはダメだ。それでは今までとなんら変わりない。

彼への気持ちに名前がつけられないうちは、絶対に首を縦に振ってはダメだ。それに、彼の気持ちが独占欲や執着心からではなく、心から好きなのだと言われるまで、妃奈子は雪哉を受け入れるべきではない。

妃奈子の気持ちは雪哉に通じたかのように思えた。

彼は微笑みを浮かべ、とろりとした優しい声音で妃奈子を甘く誘惑する。

「なるほど、僕への気持ちが恋心でも愛でもない、と。……それなら少し試してみますか」

「……え？」

「嫌なら力ずくで抵抗しなさい」

そう耳元で囁かれた直後、妃奈子の唇は雪哉のもので塞（ふさ）がれていた。

「――ッ！」

目前に雪哉の端整な美貌が映る。

驚きと困惑のまま慌てて瞼を閉じると、視覚以外の感覚が雪哉のキスを生々しく伝えてきた。

唇の感触、温度、吐息。彼の髪が頬をかすめるのもくすぐったい。

今まで雪哉が妃奈子を性的に触れてくることは一度もなかった。もしかしたら彼の方はそういうつもりで触れてきたことがあったかもしれないが、妃奈子が不快感を覚えること

も、男女の触れ合いを感じたこともなかったのだ。

——イヤなら抵抗しろと言われたけど、どうしよう、クラクラする……。

薄く開いた口の隙間に舌がねじ込まれた。

肉厚な彼の舌が、口内を蹂躙する。はじめての経験に一瞬身体が強張ったが、逃げる妃奈子の舌に彼の舌を絡められ、上顎をざらりと舐められると思考に霞がかかってくる。

——頭がぼうっとして、身体の熱も上がってきた気がする。腕を突っ張って拒めばいいのに、身体が動かない……。

本心はイヤではないのだろうか？

生理的な不快感はなく、触れ合う熱が気持ちいいとさえ思ってしまう。

妃奈子に男性との交際経験はない。女子高に通い、大学は共学だったがサークル活動もしなかったため、親しい男性の友人もできなかった。

はじめてのキスが雪哉だったことは、彼を純粋に慕っていた頃ならうれしかっただろう。

だが今になっては、やっぱりこうなってしまった、という気持ちしかなかった。

——心のどこかで、いつか彼からキスをされると思ってた。

そのとき自分はどう感じるんだろう？　と考えたこともあったけれど、今は、どう感じるかを考える余裕などなく、心も身体もぐずぐずに溶かされそうになっている。

静かな部屋に生々しく響く唾液音や息遣い。酸素不足で苦しさを覚える。だが雪哉だから、嫌悪感を覚えずに翻弄されてしまうのだろうか。

「ひなちゃん、ちゃんと鼻で息して……」

チュッ、と唇に触れるだけのキスを落とし、顔を離した雪哉が艶めいた声で囁く。うっすら目を開けると、熱を帯びた彼の瞳が視界に入った。

凄絶な色香にあてられ、妃奈子の下腹がキュッと収縮した。もし立っていたら膝から頽れていただろう。

雪哉は上半身を起こし、唾液で濡れた唇を親指で拭った。彼の仕草のひとつひとつに視線が奪われ、妃奈子の心臓がうるさく騒ぐ。

「……っ」

「……そんな顔で見つめてくるなんて、ねだられているようにしか思えませんよ。イヤなら力ずくで抵抗しなさいと言ったのに……、そんなに僕とのキスが気に入りましたか？」

妃奈子はキュッと唇を引き結んだ。意地悪な質問には黙秘で応える。

きっとはじめての経験に翻弄されてしまっただけだ。

弱々しくでも押し返すことができなかったのはさすがに少々どうかしていると思うが、嫌な気持ちにならなかったのだ。

キスが嫌いでないのか、相手が雪哉だからなのかは、比較対象がいないからわからない。まったく意識していなかった人――たとえば職場の同僚など――とキスができるか？と想像すると、答えは当然ながらＮＯだ。もちろん、相手は既婚者なので自然とブレーキがかかってしまうが。

「上気した頬に潤んだ目。その表情が男を煽るだなんて知らないんでしょうね……。僕の知らないところで一体何人の男が、この愛らしい唇に触れたのか……」

雪哉の瞳の奥がワントーン暗くなる。

片手を拘束されたまま、妃奈子は首筋にキスを落とされ……チリッとした痛みに柳眉を寄せた。

「ン……ッ」

鼻から抜けるような声が恥ずかしい。

首筋に顔を埋めるようにキスをされ、捕食者に捕らわれた草食動物の気分を味わう。己の急所を無防備に晒している。いつ相手に食われるかわからない緊張感を肌で感じながら、妃奈子は理性の手綱をしっかりと握った。

――ダメ、これ以上許してはダメ。正直少し流されかけていたけど、それでも私は……！

手首の拘束が緩んだ一瞬の隙をついて、妃奈子は雪哉の胸を両手でグイッと押した。彼を退け、上体を起こす。

話し合いをするのにベッドの上は危険だが、雪哉は意思を示した妃奈子をもう一度押し倒す真似はしないだろう。

「……私は、本音を言うと恋や愛がよくわかっていないの。子供の頃から傍にいて助けてくれた雪哉さんには心から感謝しているし、好きだと思う。けれどこの気持ちが家族としての気持ちなのか恋心なのか判断がつかない。だから、私はこれから真剣に結婚を視野に入れた恋人探しを始めたいと思ってる」

――言った……！

婚活をすると、きちんと彼に宣言できた。

きっと自分の経験が少なすぎるから、答えが見つからないのだ。

これからもっと仕事に慣れ、時間の余裕が生まれれば、さらに婚活に励めるだろう。手始めに友人が利用している日本の婚活アプリをダウンロードしてみるのもいい。

妃奈子の宣言に、雪哉は激高することなく、静かに頷いた。

「なるほど、あなたの気持ちはわかりました。それでは僕と勝負をしましょうか」

「勝負？」

聞き慣れない言葉に、妃奈子は首を傾げた。雪哉は今まで妃奈子相手になにかを挑んでくることは一度もなかった。

不穏な雲行きを肌で感じ、妃奈子はじっと雪哉を見つめ返した。

「簡単です。今から半年以内に、僕の前にあなたの愛する男性を連れてくればいい。あなたが本物の愛だと断言できて、その人とでないとあなたが幸せになれないのだと僕を納得させられれば、僕はひなちゃんの幸せを願って身を引きましょう」

「……それができなかったら？」

「半年後に僕と入籍してください」

「な……っ！」

なんという無茶苦茶な話だ。結婚相手を半年以内に見つけるだけでなく、二人の愛が本物だと雪哉に証明しなければならない。難しいことこの上ない。

極端な選択肢を突きつけられて、妃奈子の頬が引きつった。

――できなかったら雪哉さんと結婚っていうのも、嘘や冗談じゃないから笑えない……！

雪哉は落ち着き払っている。つい先ほど妃奈子を押し倒して濃厚なキスを仕掛けてきたとは思えないほど、彼の色香は息をひそめていた。

だがその落ち着きぶりが怖い。柔らかな口調で紡がれる言葉は、逃げ道を塞ぐように容赦がない。

「ああ、そうでした。ひとつ大事な条件があります。あなたが半年以内に見つける相手とは、身体の関係を結んではいけませんよ」

「……えっ！」

簡単に身体を許すなと釘を刺され、妃奈子は思春期の少女のように顔を赤くした。

まだ男を知らない妃奈子が簡単に身体を預けるはずがないのに、そう思われるのも憤りを感じる。

「それはつまり、雪哉さんは、私がすぐに男性とそういう関係になるようなふしだらな女だと思ってるということ？」

「いいえ、あなたをふしだらだと思ったことは今まで一度もないですよ。ですがひなちゃんは行動力もありますし、思い切りもいいので念のため釘を刺しておこうかと。それに危険を回避するためでもあります」

「危険って……」

「あなたが思っていなくても、男は隙あらば部屋に連れ込み、組み敷こうとする獣なのですよ」

「……へえ、さっきの雪哉さんみたいに？」

「そうです」

きっぱりと肯定され、妃奈子は口をつぐんだ。皮肉のつもりだったのに、やはり雪哉は動じない。妃奈子を押し倒してキスをしたことも、微塵（みじん）も悪いと思っていない証拠だ。

「話を戻しますが、男は相手が本当に愛する人であれば、気持ちを尊重し、性欲を制御し、許しを得るまで待つことができるはずだと思っています。自分の欲を制御できず、女性に乱暴するような男を、僕はあなたの相手とは絶対に認めません。僕が一体何年待ち続けているかあなたは知らないのでしょうけど」

「……っ」

とてもではないが、聞くのが怖い。

しかし妃奈子が尋ねなくても、雪哉は独白のように吐露し始めた。

「僕自身ももう何年待っているかわからなくなっていますが。……少なくとも、ひなちゃんが一人前の大人になるまではと、ずっと待ち続けているんですよ」

その口ぶりからして軽く十年以上待っているように感じた。重すぎる告白に、妃奈子は無意識に一歩後退する。しかしベッドの上に座ったままなので、その距離は微々たるものだ。

雪哉に突きつけられた勝負の内容を反芻する。

未来の恋人は女性の意志を尊重してくれる人でなくてはならない。それは自分も同意見だ。

女性の合意なしに身体を繋げようとする男は絶対に選ばない。けれど付き合う前にそれを見極めるのは難しい。

——人間性を見極めるって、言葉で言うのは簡単だけど、すっごく難しそう……。

他人の本心など誰もわからない。女性の扱いが上手な男性は大勢いるだろうし、交際時は優しくても結婚後なんらかのきっかけで豹変する人だっているだろう。

デートＤＶやリベンジポルノという話だって珍しくはないのだ。

ぐるぐると思考が迷走し始めたとき、雪哉がそっと妃奈子の手を握った。

「そんなに悩むなら、今すぐ僕と結婚しましょう。あなたが望むなら、結婚してもしばらくは今までのような関係を続けてもいい。僕のことは徐々に男として見てくれればいいです。僕は、あなたの意志を尊重し、きちんと『待て』ができる男ですから」

隙あらば自分を売り込んでくる雪哉の甘い誘惑に、再び気持ちがぐらりと傾きそうになったが、妃奈子はなんとか踏ん張った。挑戦する前から、未来はひとつだけと決めつけるのはいけない。

「言ったでしょ、自分の気持ちがわからないまま、あなたを受け入れることはできないって。だから、その勝負に乗るわ。私は自分の力で、愛する男性を見つけてみせる」

「残念です。このまま僕になびいてしまえばよかったのに……。ですが、わかりました。僕以上にあなたを大切にし、愛する男はいないのだときっとすぐに気づくでしょう」

残念だと言った雪哉の表情は寂し気に曇っていた。

キュッと力を入れて妃奈子の手を握りしめる彼の手が一瞬震えていたような気がしたが、その手のぬくもりもすぐに離れていく。

――この人にこんな顔をさせてしまった……。傷つけたのは私なんだから、本気で運命の相手を探して、もう心配されるような女の子じゃないと認めさせなくては。

ずっと曖昧だった雪哉の想いが聞けた。それだけで、妃奈子は一歩を踏み出すことができる。

自分自身の力で恋と愛を知り、彼のもとから巣立つ。もう保護が必要な子供ではないのだ。

妃奈子は半年後の自分が、心を偽ることなく笑顔でいられていますようにと願った。

第三章

雪哉と妃奈子が二人だけの勝負を始めてから数日が経過した。

表面上は、二人の関係に変化は見られない。雪哉は相変わらず妃奈子に過保護だ。

いや、以前よりも悪化したかもしれない。彼は、妃奈子の定時に合わせて仕事を終わらせているのか、昨日、一昨日と一緒に帰宅しようと誘ってきた。朝は別々に出勤しているが、彼は始業時間の二時間前に出社しているようだ。

朝早くに出社してまで早めに仕事を終わらせようとするとは。どうやら雪哉は、妃奈子の恋人探しに口出しはしないが、こうやって些細（ささい）な妨害行為はするつもりらしい。

定時の十五分前。妃奈子のスマートフォンに、おなじみの連絡が入る。

『お仕事お疲れ様です。今夜、予定はありますか？　なければ一緒に帰りましょう』

──……またか。

さすがに三日連続は重い。車で送ってもらえるのはありがたいが、電車でだって十分通える距離なのだ。朝も殺人的に混雑しているわけではないので、満員電車で被害に遭ったことはない。

──これ絶対、自重するつもりはないわよね……。予定がなければと訊いてくるところがなんていうか……。

妃奈子はひっそりと溜息を吐きたくなった。そろそろ毎晩予定があると言って断るのも不自然だ。バッサリと断らない限り、雪哉は誘い続けるだろう。

秘書を使って呼び出す真似をしないだけマシだと思うべきか。二人きりで会っているのを誰かに目撃されたら、いらぬ憶測を生むだけだから控えるべきだと、今夜にでも厳しく言った方がいいかもしれない。

「どうかした？　帰り際に難しい顔して」

妃奈子のデスクを通りかかった梅原が声をかけてきた。

「いえ、大丈夫です。ちょっとお手洗いに行ってきます」

そそくさと席を立ち、妃奈子はトイレに向かった。個室の中で雪哉に素早く返信する。

──友人とご飯に行く約束があるとでも言っておこう。三嶋さんにも連絡して綾香を誘っておけばいいし。綾香が無理だったら一人でパパッと食べてこよう。

急な外食が入ったときは必ず執事の三嶋に連絡している。食事が無駄になってしまうのは避けたい。

友人の綾香に食事のお誘いのメッセージを送って、妃奈子はデスクに戻った。

定時ぴったりに仕事を終わらせ、雪哉や秘書の天王寺と遭遇しないように気をつけながら、妃奈子はオフィスを後にした。


会社から二駅離れたカジュアルなバルで、妃奈子は綾香と向かい合わせに座っていた。適度に賑やかなバルの雰囲気は居心地がよく、エビとキノコのアヒージョにガーリックトーストをおいしくいただく。

最初の一杯は早々に飲み干し、二人は飲み放題のドリンクメニューからカクテルを選んでいた。綾香は柑橘（かんきつ）類の入ったサングリアを注文し、妃奈子はライチのリキュールとアイスティーのカクテルを頼んだ。届いたアイスティーのグラスに、リキュールを注いで混ぜ合わせる。

「一週間が早くて虚（むな）しい……」

アンチョビとキャベツのマリネをつまみながら、綾香が深々と溜息を吐いた。

彼女の仕事はシフト制で決まった曜日の休みはなく、今日はタイミングよく休みの日だったそうだ。掃除洗濯など簡単な家事を済ませて、自宅で映画を観ていたらしい。

「そうだよね、あっという間に年末だし、早いわ……」

「クリスマスまでに彼氏が欲しい～！」

綾香の嘆きに、妃奈子は思い出した。そうだ、日本では、クリスマスは恋人と過ごす日と思われているのだった。

――今まで家族と過ごす日という認識が強かったから、忘れてたわ。

妃奈子が留学するまで、御影家では毎年クリスマスイブにパーティーが開かれていた。玄関の広間に大きなツリーを飾り、近しい人を招くのだ。二十五日は、雅貴と雪哉と三人でケーキを食べた。

――今年はどうなるのかしら……。

仕事や雪哉のことで手一杯なため、ひと月後などまだ考えられない。だが、綾香が言う通り、街が恋人たちであふれかえるクリスマスに恋人がいないのは少々寂しい気がする。

「でも綾香はこの間知り合った人とご飯行ったんでしょ？　どうだったの」

「あ～、最初はいいかも？　って思ったんだけど、無理だった。細かすぎて」

「というと？」

「年上で余裕のある男だと思ったのよ。優しそうだったし、リードしてくれるかなって。でも、こだわりが強すぎて、話してたらすごく面倒くさかった！　店選びから始まって、食材も、ここの肉にはどこそこのワインじゃないとだめ、とか。あとうんちくがすごい。愛想よく頷けてたのも最初だけで、表情筋が崩壊するかと思ったわ」

「……なるほど。一緒に食事を楽しめるかどうかも、相性を見る上で重要なポイントなのね」

「そうよ、恋人にするならおいしくご飯が食べられる人が絶対いいわ！　あと一円単位で割り勘する男も、こっちからお断りよ」

「一円単位……」

「世の中には、二人きりで酒を呑んだらヤレるとか思ってる頭のおかしい男もいるから、はじめての食事で飲酒はやめておこうと思ったのよ。相手は呑んだけどね。けどきっちり割り勘！　意味がわからない」

「それは引くかな……」

飲酒をしていない人に同額を支払わせるのはどうなんだろう。

――ううむ、三十代半ばの男性なら、雪哉さんと同年代よね……。

十歳も年上の男性であれば、包容力があり経済的にも安定していると思えてしまうけれど、当たり前だが個人差がある。女性の扱いも慣れているとは限らないし、昨今では三十代でも女性と付き合ったことがない男性は少なくないと聞く。

女性の扱いがうまい雪哉は、妃奈子が知らないところでいろいろな経験を積んでいるだろうが。

——……あのスペックと容姿だもの、そりゃあ女性が放っておかないでしょうけど……私のことをずっと想ってたとか言いながら、女性とたくさん遊んできたんだとしたら、それはそれでなんだか複雑……。

なにもない方がおかしいのだが、ありすぎるのもイヤな気分になるなんて、自分は思った以上に我儘らしい。ほんのりと甘いライチアイスティーのカクテルを呑みながら、渋い顔をする。

——って、そうじゃなくて、男性の条件よ。食事を一緒に楽しめる男性は、確かに大事なポイントかも。

高級レストランでなくていい。大衆向けの居酒屋チェーン店でも、おいしく食べて笑い合える人の方が絶対にいい。恋人に選ぶなら、一緒にいて居心地がいいと思える人でないと続かないだろう。

——雪哉さんは、もう家族の一員だし……。スペックも高いから一般男性と比較するのはかわいそうだけど……。

彼と食事をするとき、妃奈子は一度も財布を出したことがない。気づいたときにはいつも支払いが終わっていて、値段さえ知らないのだ。

「でも、相手が自分と合わない人だとすぐに気づけてよかったじゃない。これで新しい人を探せるし」

「そうよね、ポジティブに考えないと。次は同年代にしてみるわ」

「頑張って。私もこれから真面目に恋人を探そうと思ってるの」

親しい友人に決意を告げて、そのまま一時間ほど会話を続け、楽しい食事を終えた。

テーブル席で会計を済ませ、店を出る前に化粧室に向かう。

扉を開けようと取っ手を掴んだのと同時に、内側から扉が開かれた。

「……っ！」

間一髪でぶつかることはなかったが、驚きのあまり妃奈子のハンドバッグが床に落ちた。

「ごめんなさい、大丈夫ですか？　怪我はありませんか？」

化粧室から出ようとしていた女性が、妃奈子のハンドバッグを拾い上げてくれる。バッグの内ポケットに入れていた口紅がコロコロと転がり、妃奈子はそれに手を伸ばしながら女性に告げた。

「だ、大丈夫です。怪我もないので、お構いなく。拾ってくださってありがとうございます」

幸い壊れものは入っていない。軽いものしか入れてなくてよかったと思いながら、妃奈子は女性からハンドバッグを受け取った。

——うわ、美人……！　モデルさん？

テレビや雑誌で見るような美女だ。長身で、細身のジーンズをブーツインしている。ざっくりとしたニットを合わせたシンプルな服装なのに、スタイルがいいからかすごくオシャレに見える。首元から覗く鎖骨と華奢なネックレスが繊細で、女性らしい。

だがそのきりりとした眉と目元にどこか既視感を覚える。やはり雑誌で見たのだろうか？　と考えていると、彼女は床に落ちていた妃奈子の社員証のカードを見つめていた。

「……うそ、清華妃奈子って、まさかひな？」

「え？」

「私よ、従姉の美玲(みれい)。清華美玲よ」

社員証を妃奈子のハンドバッグに入れ、目の前の美女は極上の笑顔を見せた。妃奈子はぱちくりと目を瞬かせながら、記憶の中の人物を探る。

「……美玲って、あの美玲ちゃん？」

「そうよ、あなたの父の兄の娘よ。こんな珍しい苗字なんだから、同姓同名なんてそうそういないでしょ」

茶目っ気を含んだ声は、記憶のものと一致している。

「積もる話もたくさんあるけど、人待たせてるのよね。連絡先交換しましょ」

美玲がスマートフォンのアプリを起動させた。互いのＱＲコードを読み取り、連絡先を交換する。

「今度ゆっくり話しましょ、じゃあまたね」

「うん、連絡するね」

颯爽と歩く後ろ姿もかっこいい。同性の自分でも惚れ惚れするほど、自信に溢れた笑顔だった。きっと彼女は充実した生活を送っているのだろう。

――そういえば、最後に会ったのはまだ私の両親が離婚する前だったっけ。

妃奈子が御影家に引き取られる前だ。美玲は一体どこまでうちの家族のことを把握しているのだろう。

恐らくほとんど知らないに違いない。離婚したことは知っていても、妃奈子が両親のどちらにも引き取られなかったことも。

——帰ったら美玲ちゃんに連絡してみよう。

懐かしい人との再会に、妃奈子の心は弾んだ。

都心から電車を乗り継いで約二時間。妃奈子は美玲に連れられて、彼女の実家に来ていた。

奇跡の再会を果たしてからすぐの土曜日に、ゆっくりお茶でも飲もうという話だったのだが、どうしていきなり美玲の実家に行くことになったのだろう。突飛な行動に、妃奈子は戸惑いつつも美玲の後を追った。

「私、てっきりカフェでケーキセットでも食べながら近況を報告し合うものだと思ってたんだけど……」

「うちの近所においしい和菓子屋があるわよ。コーヒーじゃなくて熱々の緑茶を淹れてあげる」

美玲はすっかり行動力の溢れる女性になっていた。妃奈子の記憶にある美玲は読書を好み、大人しい性格だった気がするのだが、人は変わるらしい。

「で、美玲ちゃんは今も実家暮らしなの？」

「いいえ、私は名古屋に住んでたんだけど、近々東京に転勤することになってね。今週出張でこっちに来たの。一月から東京に住むことになったから、よろしくね」

「それはもちろん。で、仕事はモデルでもしてるの？」

「私が？　まさか！　研究職よ。毎日地味にラボで培養してるわ」

――そういえばバリバリの理系女子だったっけ……。

読んでいた本も、娯楽本ではなかった気がする。美人でスタイルもいいからモデルにだってなれそうなのに、美玲はそういう世界には興味がないらしい。

少しもったいないなと思いつつも、妃奈子は黙ってお茶を啜った。

幼い頃にしか来たことがない美玲の実家は、妃奈子の父の実家でもある。

リフォームされて今は綺麗になっているが、幼い頃に妃奈子が来たときは歴史を感じる日本家屋だった。曾祖母の時代からこの地に住んでいて、庭には家庭菜園が十分できるほどの広さの庭がある。確か蔵もあったはずだ。

せっかく来たのだから美玲の両親にも挨拶がしたかったが、生憎二人は温泉旅行に行っているらしい。

「――で、ひなの両親が離婚して、それからひなは御影の家に引き取られたのね？」

「まあ、うん。そうね、雪哉さんがうちにおいでって言ってくれて、おじさまがお父さんに話してくれたみたい」

残念なことに、妃奈子の両親は、娘を手放すことに抵抗がなかった。彼らはあっさり、すべてを御影の二人に任せたのだ。

雪哉が妃奈子に恋愛感情を抱いていることや、結婚を賭けた勝負のこと以外は、話せるところまで美玲に伝えた。柳眉をひそめて、美玲はずっと何事かを考えていたが、静かに嘆息し口を開いた。

「なにも知らなかったわ……離婚した後、ひなは叔父さんに引き取られて、外国で暮らしているんだとばかり……。力になれなくてごめんなさい」

「美玲ちゃんが気にすることじゃないから、謝らないで。それに御影のおじさまも雪哉さんも、温かく迎え入れてくれたし」

そうフォローすると、美玲はじっと妃奈子の目を見つめてきた。まつ毛が濃く、アーモンド形の目は少し自分と似ているなと、美玲を見つめ返しながらぼんやり考える。

美玲は何事かを切り出そうとしているが、言葉を選んでいるようだ。しかし早々に諦めた様子で、いつもの口調で妃奈子に尋ねる。

「多分ひなは叔父さんからなにも聞いていないと思うけど、念のため確認させて。うちの清華と御影がどういう関係だったか、知ってる？」

「清華と御影の関係？　……ううん、なにも聞いてないけど、なにかあるの？」

「やはりそうなのね。じゃあ今日うちに連れてきてよかったわ」

　メールのやり取りで、妃奈子が今御影の屋敷に住んでいることを簡単に説明していた。

きっとはっきりさせたいことがあったから、彼女はわざわざ遠い実家に招いてくれたのだろう。

「あのね、清華（うち）はひいおばあさまがまだ十代だった頃に没落するまで、いわゆる高貴な血を引く名家ってやつだったのよ。それこそ世が世なら城主として、持ち家ならぬ持ち城に住んでいたであろう、やんごとない身分のね」

「ええ……そんなご冗談を……」

「冗談でも嘘でもないわよ。私もあんたも、同じ血を引いた娘ですもの。もしかしたら姫と呼ばれる身分だったかもしれないの。まあ、数代前に没落してるんだから、今じゃ一般人と変わらないけど」

「……全然知らなかった」

　城主や姫という言葉は聞き慣れないし現実味がないが、美玲が嘘を言っているようには感じなかった。

妃奈子の父は一般企業に勤める会社員だし、離婚するまでは都内のマンションに暮らしていた。御影家のようなお屋敷など無縁だった。

「今の私たちには関係ないと思っているでしょうけど、完全にないわけではないのよ。さっきの話に戻るけど、ひながお世話になっている御影家は、代々清華に仕えていた家柄だったのよ」

「え？　どういうこと。ひいおばあちゃんの代まで、御影の人たちがうちを支えてきたってこと？」

「そういうこと」

つまり御影家は清華家に仕える家臣の一族で、長きにわたり主君である清華を陰ながら支えてきたのだ。御影に仕える三嶋のようなポジションだろう。

背景がわかると納得がいった。

いくら親しい相手でも、親戚でもない家に娘を預けるだろうかと、密かにずっと疑問に思っていたのだ。しかも頻繁に交流をしていたわけでもなく、実際顔を合わせていたのは年に数回程度だった。

——何故お父さんが、あんなにもあっさりと私を雪哉さんに預けたのか、ようやくわかったわ。そういう事情があったから……。

とはいえ、過去に忠実な家臣だったからといって、現代でもそうとはいえない。御影家が自分を引き取ってくれたのは、彼らが情に厚い人たちだからだ。過去の関係が下地にあったとしても、妃奈子は彼らへの恩を忘れないし、本当の家族のように大事に想っている。

しかし美玲の話はそれだけで終わらなかった。

「そして、御影と清華の恋慕が何代にもわたって続いていたそうよ」

「恋慕……って、恋人同士だったの？」

「そうだったかもしれないけど、その想いが実ったことはないわ。清華と御影が血縁関係になったことは一度もないそうよ」

妃奈子の心臓がドクンとイヤな音を立てた。

何代にもわたって、報われない恋をしてきた御影と清華。一方通行な想いのときもあっただろうが、通じ合っていた可能性もある。それでもきっと、清華の娘は親の縁談に従い、嫁いでいったのだろう。忠実に仕えてくれる男のもとを離れて。

――身分差のせいで叶わなかった恋……。なんだろう、この違和感。

雪哉が自分に向ける感情に、なにか他の想いも隠されている気がしてきた。知らず鳥肌が立ち、両腕を軽くさする。

「そうだ、ひいおばあちゃんの残した日記が仕舞ってあるから、ちょっと待ってて」

美玲が立ち上がり、居間を去った。彼女はとてもフットワークが軽い。

しばらくして戻って来ると、美玲は年季の入った冊子を大事そうに抱えていた。

「私はもう解読したから、よかったら持って行っていいわよ。あ、でも汚したり失くしたりしちゃダメよ。一応清華の歴史が記された貴重な資料だから」

「ありがとう……読めるかわからないけど、目を通してみるわ」

解読という単語が不安だ。一般人にも読めるのだろうか。

慎重に頁をめくると、達筆すぎて一瞬怯んだが、なんとか文章として読めそうだ。歴史的な価値があると思うと、素手で触ってもいいものか悩む。

曾祖母の名前は緋紗子というようだ。妃奈子は大正時代のハイカラな文化を思い浮かべた。美玲が言うには、没落する前までは現代にも残っている旧伯爵邸のような洋風のお屋敷に住んでいたらしい。純和風の広々とした屋敷をイメージしていたので意外だ。

「城主とか言うから、てっきり和のイメージだったんだけど」

「城は大昔の話よ。緋紗子さんの時代でもさすがに城に住むのは難しいわ」

事業が失敗するまでは、相当裕福な生活を送れていたようだが、緋紗子が縁談相手に嫁ぐ間際に事業がうまく回らなくなり、一気に落ちぶれてしまった。

縁談も破談となり、緋紗子は想い合っていた御影の嫡男に、駆け落ちを持ち掛けられた。そのときの心情が日記に綴られている。

「……でも結局、結ばれなかったのよね？」

「残念ながらね。緋紗子さんは父親の事業の立て直しのために、清華に手を貸してもいいという男を婿養子に迎えた。ほら、事業に失敗しても、由緒正しい家系というネームバリューはあるから野心家な男は食いつくでしょうね。しかも緋紗子さん、美人だったみたいだし」

「そうなの？　写真は残ってないのかしら」

「蔵の中を探せばあるかもしれないけど、亡くなったおじいちゃんは緋紗子さんの美貌を受け継ぐ色男で有名だったらしいわよ。若いときは美男子だったとか。だからきっと、緋紗子さんも儚げな令嬢だったんじゃないかしら」

緋紗子は家のために駆け落ちを断念し、泣く泣く御影の若者の手を拒んだ。小説や映画でしか見たことがないような悲恋を身内がしていたと思うと、より切なさが募る。

「結局、御影の嫡男は緋紗子さんのもとを去り、使用人を雇うこともできなくなって、うちから御影が消えたというわけ。そしてうちは没落し、御影は戦後に財を成した。なかなか皮肉よね……」

緋紗子の人生は苦労の連続で、晩年になってようやく人並みの幸せを手に入れられたそうだ。

しんみりした話を聞いている間に、手元のお茶がすっかり冷めていることに気づいた。

「コーヒーでも飲む?」と訊かれ、妃奈子は頷いた。

他人の日記を勝手に読むのも申し訳なさがある。心の中で謝罪をし、妃奈子はそっと頁をめくった。

――何世代にもわたって悲恋が続いていたなんて、一体どれだけの人が悲しんできたんだろう。

身分差から結ばれなかったのも、きっと時代的に仕方なかった。悲恋の中には、清華と御影の性別が逆だったこともあるだろう。清華の当主に恋をした御影の娘もいたに違いない。

黄ばんで脆くなっている紙の表面をそっと指先で触れながら、思考を巡らせる。

考えようによっては、御影は不憫(ふびん)だが情熱家だ。実らないとわかっていても、恋慕を止められなかったのだから。

しかし、妃奈子はふと思う。緋紗子の代で途切れたと思っていた御影との縁が、自分の代で復活している。それは奇妙な縁によるものか、それとも意図的に接触を図ったのか。

――……私が最初に雪哉さんに出会ったのは、五歳のとき。両親の知人のパーティーで、雪哉さんが声をかけてくれたんだっけ。

大人ばかりでつまらなそうにしていた妃奈子に、当時十五歳だった雪哉が子守り役を買って出てくれた。彼はあの頃から言葉遣いが丁寧で、妃奈子はその柔らかな美貌に見惚れたのだ。彼があまりに綺麗だったから、女の人なのかと尋ねると彼は困ったように笑って否定していた。

年上で優しくて遊んでくれる綺麗なお兄さんに、幼い自分はすぐに懐いた。きっと子供ながらに顔の美しさも加点していたのだろう。

雪哉は面倒見がよく、両親も彼に感謝していた。思えばあの頃は平和で、一番家族の愛情を感じられていたかもしれない。

――でも、もし雪哉さんの私への気持ちが、御影と清華の因縁からくるものだったら？

まだ十代の雪哉が、先祖の悲恋など知っているとは思えない。かつて清華に仕えていた過去は把握していたとしても、清華の娘だから欲しくなったというのはありえないだろう。

そう自分に言い聞かせつつも、妃奈子の胸には疑問の芽が生えていた。

彼はいつから自分に特別な情を向けていた？　ずっと前と言っていた言葉を信じるなら、出会ったときからの可能性も残っている。

当時五歳の少女に、十五歳の少年が恋をする。もしそんな、常識ではありえないことが起こっていたら。そしてその感情が二十年近くも継続していたら？

「……っ」

雪哉が向けてくる感情は、どこからやってきているのだろう。歪な執着心は、御影に流れる血のせいなのではないだろうか。

そんなオカルトめいたことまで考えてしまう。見えたと思っていた雪哉の本心が、再び見えなくなってしまった。

「コーヒーとお菓子持ってきたよ。小腹が空いたかと思って。もし予定がなければ今夜はうちに泊まっていく？　昔よく食べたうどん屋さんにでも行こうか」

熱々のマグカップを受け取り、妃奈子は逡巡した。このまま厚意に甘えても特に問題はないが、もし雪哉に追及されたらなんて答えよう。素直に清華の家に行っていたと言っても問題ないのに、なんとなく隠しておきたい気分になる。

「せっかくだけど、遠慮しておくわ。次は伯父さんたちがいらっしゃるときにお邪魔するよ。雪哉さんも心配するし」

「そう？　ね、その雪哉さんって、実際どうなの？　かっこいい？　まだ独身よね。特別な関係だったりする？」

美玲がずいっと間合いを詰めてくる。

思わずマグカップの中身が零れそうになった。

「見た目は、素敵よ。美玲ちゃんの好みのタイプかはわからないけど」

写真をせがまれ、スマートフォンのアルバムから自分と写っている写真を選んだ。そういえば、彼がひとりきりで写っている写真がないことに気づく。

「へえ、いい男ね。……ねえ、ひなは雪哉さんに恋愛感情はないのよね？」

唐突な質問にドキッとしたが、動揺を鎮めて頷いた。

「ふーん、じゃあもし私が狙っても問題ないわよね」

「え？」

「ご先祖様が叶えられなかった恋を成就させたら、ロマンティックじゃない。清華と御影が結ばれたら、緋紗子さんにも喜ばれそう」

美玲が微笑みながら呟いた台詞に、妃奈子は一瞬ギュッと胸が苦しくなった。

言っていることはわかる。そうなったら確かに素敵だろう。美玲だって同じ清華の娘だ。しかももし家が没落していなかったら、長兄である美玲の父が当主となり、世が世なら美玲が姫と呼ばれていたかもしれない。

――そうだ、もしも雪哉さんが清華の娘に執着しているのだとすれば、美玲ちゃんでも構わないんだ……。

先ほど立てた仮説が頭から消えない。

雪哉の自分に対する執着は、彼自身の意志以外のなにか――彼に流れる御影の血が、影響しているのかもしれない。

美玲の言葉に自分がダメだと言うことはできない。彼とは恋人同士ではないのだから。そうわかっているのに、もやもやとした身勝手な感情が心の奥底から湧き上がってくる。

それを振り払うように、妃奈子は無理やり笑顔を作った。

「私に止める権利はないし、美玲ちゃんが雪哉さんにアプローチをしたいならいいんじゃない？」

「ありがとう、こっちに引っ越してきたら紹介よろしくね。十二月の後半には来られると思うから、楽しみにしてるわ」

明るくて家族想いの美玲は、見た目も中身も素敵な大人の女性だ。年齢だって、雪哉に近い。二人が並べば、美男美女でお似合いのカップルになるだろう。

そうわかりつつも、寂しさのような感情が妃奈子の心を暗くする。身勝手な独占欲だと気づかないほど、妃奈子は鈍感ではなかった。

――私も急いで、彼のもとから離れて一人暮らしをしないと。いつまで経っても、変われない。

　貯金はまだ心許ないが、条件を下げればいいところが見つかるはずだ。引っ越しシーズンではないし、引っ越し代もそんなにかからないだろう。

　その夜、妃奈子は何事もなく御影邸に帰宅し、夕食を終えてから自室でいくつかの不動産屋に内見予約を取った。

第四章

「よし、なんとか終わった……！」

必要最低限の家具と生活用品が整った部屋で、妃奈子は達成感を味わっていた。

十二月の初旬、念願の一人暮らしをスタートさせた。

場所は勤務地から電車で三十分のところにある街だ。商店街も多く、生活がしやすい街で、賃料も予算内。五階建てのオートロック付きマンションの三階角部屋、南向きだ。

当初は、治安のいい街の安いアパートを考えていたのだが、雅貴に渋られてしまった。最低限の条件として、オートロックのマンションであることと、夜でも女性の一人歩きが安全な場所であることを言われた。

過保護な雪哉に相談したら、一人暮らし自体を反対されると思い、あえて彼には言わずに雅貴のみに告げたのだが、屋敷内の情報は筒抜けだった。妃奈子の引っ越しの件はすぐに家族会議にかけられ、一人暮らしをするならば自分たちが出した条件を守るか、条件を守るためのお金が足りないのであれば援助を受けるかどちらかを選ぶようにと言われてしまった。

後者など、一人暮らしの意味がない。お金の援助は受けないとキッパリ告げて、妃奈子は最終候補として考えている部屋を二人に見せた。

そして選んだのが、１Ｋの単身者向けの今の部屋だ。

「ベッドが間に合ってよかった〜」

午後に配達を依頼していた通りにベッドが届いたので、床で眠ることがなくて済みそうだ。

妃奈子が御影邸で使っている部屋はそのままにしておけばいいと雅貴に言われ、洋服はスーツケース二個分に入るものだけを持ってきた。家具や生活用品は新しく揃えたので、引っ越し業者は必要なかった。

一人暮らしをしてみなければわからなかったことがたくさんある。照明器具も自分で選ばなければいけないことや、役所への手続き、ガス、電気などの契約。新しいカーテンを買わなければいけないことも、実際に体験してみなければわからないことだらけだった。

また最近の一人暮らしは物騒なので、引っ越しの挨拶はしない方がいいと、担当してくれた不動産屋に言われた。引っ越しの挨拶は社会人としての礼儀だと思っていたのに、時代とともに変わるらしい。

「こまごましたキッチン用品は後で揃えるとして……。今夜はお蕎麦かな？」

しかしスマートフォンを確認すると、早くも雅貴たちから連絡が入っている。引っ越し祝いに外で夕飯を食べようというお誘いだった。

今日は料理を作れないだろうと気遣ってくれるのはとてもありがたいが、早速甘やかされているなと感じる。

この部屋を決めたとき、雪哉は最後までなにか言いたげだったが、妃奈子は気づかないふりをした。雪哉の条件を聞き始めたら切りがないし、御影家と取引のある不動産屋に直接物件を紹介してもらおうなどと言い出しかねなかったからだ。

今の部屋は収納が少ないのが難点だが、一人暮らしならちょうどいい広さだ。キッチンも二口コンロがついているので料理もできる。まな板を置くスペースがないのはどうしたらいいか、ゆっくり考えよう。

「えーと、おじさまにはカジュアルな店でお願いします、と返信しておこう」

お祝いだと言われて高級フレンチの個室に通されたら困る。まずそんな店に着ていける服を持ってきていない。

　シャワーを浴びて汚れを落とし、妃奈子は先ほどクローゼットに仕舞ったワンピースに袖を通した。化粧をして、ネックレスをつける。

「あ……ピアス」

　雪哉に贈られたダイヤモンドのピアスが目に入った。特別な日につけると言って、まだ一度もつけていない。

　このピアスをつけるとき、雪哉は自分を呼べと言った。ピアスをつける係がやりたいなどと、酔狂なことを言い出したのを思い出す。

「……でも、一人暮らしを始めたんだから仕方ないわよね。物理的に傍にいないんだから無理だし」

　このピアスはまた次の機会に取っておこう。雪哉に約束が違うと言われそうだし。

　妃奈子は自分で購入した花びらを加工したピアスをつけて、待ち合わせ場所に向かった。


　——カジュアルなお店って伝えたはずなんだけどなぁ……。

　待ち合わせで指定されたのは、とある都内のホテルだった。そのときからイヤな予感はしていたが、連れて行かれたのは、ホテル内にある中華料理店。店内は古代中国を意識した雰囲気のあるオシャレな装飾が目を引いた。茶色の壁紙はシックで、部屋の中央には円卓があり、頭上にはシャンデリア。明らかに三名だけで使用できる個室ではないのだが、なにも言わずに妃奈子も着席した。

——もしやナイフとフォークを使わなければカジュアルだと思ってたりしないわよね……。

引っ越しをしただけで、高級中華のコース料理が出て来るのだから、冷や汗が流れそうだ。

「一人で大変だったね、ひなちゃん。お疲れ様。困ったことはないかい？」

紹興酒(しょうこう)を呑む手を止めて、雅貴が機嫌よく尋ねてくる。

妃奈子は絶品のエビのワンタンスープを飲んでいたが、スプーンを椀に置いた。

「大丈夫です、荷物ももう整理できたし。生活必需品は揃ってますから。あとは明日、電器屋さんに頼んでおいた冷蔵庫や洗濯機などの家電製品が届くので、それらが終われば一段落かなと」

「そうか、もし男手が必要なことがあれば遠慮なく言いなさい。私か雪哉が手伝いに行こう」

「父さんは止めてください。なにかあれば僕に助けを求めてくださいね」

雪哉はにこりと微笑みながらそう言った。助けを求めてなど、言うことがいちいち重い。

妃奈子は気持ちだけありがたく受け取り、礼を述べた。雪哉は微笑んではいるが、妃奈子の回答が彼を満足させるものではなかったことは妃奈子も気づいている。

——おじさまも雪哉さんも、私に過保護なのは清華の娘だから？　ただの妃奈子でも同じようにしてくれた？

ふとした瞬間に、先日の疑問が蘇（よみがえ）った。

緋紗子の日記は、破損しないように大事に密閉袋に入れ、ファイルに挟んで引っ越し先に持ってきている。なくさないよう自分の傍に置いておきたい。

妃奈子は約束通り、先日、美玲を雪哉に紹介した。彼に人を招いていいかと確認を取ってから、雪哉の在宅中に美玲を連れてきたのだ。

美玲は『妃奈子の従姉の清華美玲です』と名乗り、丁寧に挨拶をした。顔立ちが少し妃奈子と似ている以外、二人に共通点はない。

妃奈子が思っていた通り、長身の美男美女が並んだ姿はお似合いだった。

——でも、雪哉さんの対応におかしなところはなかったな……。清華の娘が現れたのに、驚いた様子もなかったし、恋に落ちたような雰囲気でもなかったし。接し方も普通だった……。

ほっとしたような、残念なような、自分でもわからない感情を持て余している。

美玲は雪哉を大層気に入ったようで、積極的に彼と連絡先を交換していた。その後二人が実際に連絡を取り合っているのかはわからない。

雪哉は妃奈子の前でスマートフォンを弄ることはほとんどない。雅貴もそうだが、食事のときはテーブルにすら置かないのだ。今も彼らは上品に食事を楽しんでいる。

「ひなちゃん、そのピアス可愛いですね。よくお似合いです」

雪哉がさらりと褒め言葉を述べた。が、その内容がピアスだったことがいただけない。こちらは悪いことはしていないのに、彼が贈ったピアスを選ばなかったことを指摘されている気分になる。あるいは、いつ自分の耳につけてほしいとおねだりするのだと言われているみたいだ。

肩がびくりと反応してしまったことに気づかれていなければいいなと思いつつ、雪哉に笑顔で返事をする。

「ありがとう。この間美玲ちゃんとショッピングしたときに、手作りアクセサリーを売ってるお店があって、そこで買ったの」

「そうですか、二人で買い物に出かけたんですね」

雪哉は柔らかく微笑んでいるが、なにを考えているのかいまいち読めない。

「美玲さんというのは確か、ひなちゃんの従姉だったかな。彼女も都内に住んでいるのかい？」

雅貴の質問に、妃奈子が頷く。

「来週末にこっちに引っ越してくる予定なんです。これまで名古屋にいたんですが、東京に配属になったそうで」

「ほう、そうなのか。頼りになるお姉さんが近くに来てくれて、よかったね」

「はい、すごく久々に会えてうれしくて。これから親交を深めたいと思ってます」

雅貴は純粋に、途切れていた縁が再び結ばれ、妃奈子にとって頼りになる存在ができたことをうれしく思っているのだろう。

雅貴との会話は穏やかで、言葉通りに受け取ればいいから安心できる。まるで本当の父親のように包容力のある人だ。仕事場と家庭で見せる顔が違うのも知っているが、自分に見せる顔は慈愛に溢れている。

ちらりと雪哉を窺うと、彼は上品に箸を使い食事を進めていた。美玲の話題には関心がなさそうだが、雪哉が考えていることなど、妃奈子にはわからない。

その後、三人はバルサミコ酢入りの酢豚や小籠包（しょうろんぽう）、オマールエビのピリ辛炒めなど、もくもくと食事を進め、デザートにマンゴープリンが運ばれてきた。杏仁豆腐は苦手だが、マンゴープリンはうれしい。

ジャスミン茶で口の中をさっぱりさせ、満腹になったお腹に別腹のスペースを作ることにする。

「このプリンもおいしい」

「それはよかった。おいしそうに食べる女の子の顔は見ていて幸せになるねぇ」

「おじさま、私もう女の子って年じゃないですよ。今月で二十五ですし」

「私にとってはいくつになっても、ひなちゃんは可愛い女の子なのだよ。だが、そうか、もう二十五になるのか……。男親には言いにくいかもしれないが、そろそろ将来を考えている相手がいるのかな？」

──おじさま、ここで訊くなんて大胆……！

だが雅貴とゆっくり話すことができるのは、大体が食事中だ。当然雪哉も同席している。

沈黙を貫く雪哉には視線を合わせず、妃奈子は正直に首を横に振った。

「残念ながらいないわ。おじさまみたいに素敵な男性とはなかなか巡り合えなくて」

「私みたいな男性をと言ってもらえるのはうれしいが、そうか、こんなに素敵な女性なのにな……。若い男はどこを見ているのかねぇ」

「今の私の職場の男性は、皆既婚者で、奥様一筋なんですよ」

くすくす笑うが、内心はひやひやしていた。

雅貴は今まで一度も雪哉の結婚について口出ししていないし、妃奈子に雪哉を勧めてきたこともない。だが、この流れならその可能性もある気がしてきた。

しかし、雅貴は一切雪哉については触れることなく、妃奈子に恋人ができたらいつか紹介してほしいとだけ言って、違う話題に移った。その心遣いに、妃奈子は心の中でほっと息を吐く。

——雪哉さんがおじさまにどこまで話しているかわからないけど、私はなにも言わない方が賢明ね。

食事会は和やかに終わり、妃奈子は御影の車でマンションに送られて帰宅した。

◆　◆　◆

「おはようございます」

玄関扉を開けたと同時に声をかけられて驚いた。

顔を向けると、ちょうど同じタイミングで、隣の部屋に住む男が扉を開けたところだった。見た目は二十代後半ぐらいで、スーツを着ている。会社に行くところなのだろう。見ず知らずの女性にも爽やかな笑顔で挨拶をしてくるあたり、コミュニケーションスキルは高そうだ。

「おはようございます」

妃奈子もにっこり微笑み、玄関に鍵をかけた。

名前も知らない相手だが、挨拶をされたのに返さないのは失礼だ。あまり親交を深めなくていいと不動産屋に言われた通り、妃奈子は適度な距離を保ちつつ、会釈して エレベーターに乗った。男もすぐ同じエレベーターに乗り込む。

「最近引っ越してきたんですか?」

「はい、つい先日」

「俺、吉澤っていいます。もしなにか困ったことがあったら、いつでも声をかけてくださいね」

屈託のない笑顔を向けられ、妃奈子は困惑しつつもお礼を告げた。ここで断るのも感じが悪いし、きっと社交辞令だろう。

エレベーターを降りると、吉澤は「それでは」と一声かけて、駅に向かって走っていく。学生時代はスポーツでもやっていたかのようなフットワークの軽さと体形である。

「……あ、私名乗るの忘れちゃった」

――でも、まあいっか。

昨今は、マンションの郵便受けにだって名前を書いていないし、部屋の表札にも名前はつけていない。

物騒な事件が多いのだから、警戒心は強い方がいいだろう。

会社に行くと、年末進行で部署内は非常に忙しく、製薬の生産遅れなどを確認していたらあっという間に昼食の時間になった。気分転換に外で食べたいという梅原の案に乗り、妃奈子は梅原と外出する。昼間でも外は風が冷たく、ストール一枚では少し寒い。

「あっという間に冬になったわね〜。あ、席空いてる。ラッキー」

会社のすぐ近くにある洋食屋で、梅原はハンバーグとエビフライのセットを、妃奈子はオムハヤシを注文した。サラダとドリンクもセットでついてくるのがうれしい。

「で、念願の一人暮らしはどう？」

「とりあえずベッドとテーブルを入れて、家電製品もセッティングが終わったんで、なんとか落ち着きました。初期費用も抑えられたんで、無事に年が越せそうです」

「よかったよかった！　こまごましたものはこれから揃えればいいもんね。あとは、クリスマスと年末か〜。華ちゃんはなにかするの？」

「いえ……、クリスマスまでに恋人が欲しいかなって思ってたんですけど、それは厳しそうなので……友人と女子会でも開くかもです」

「女子会も楽しいけど、そうか、恋人募集中なのね。ううむ、独身の男友達で誰かいいの余ってたかな……」

ハンバーグを食べる手を止めて、梅原が考え込む。

ほんの少し期待を抱きつつも、妃奈子は苦笑した。無理に紹介しようとしなくても大丈夫だと。

「ざっと考えてみたけど、ダメだわ。友達としては楽しくても、恋人としてはオススメできないクズしかいなかった」

「逆にどんな人なのか気になりますが、梅原さんがそう言うなら、恋人候補としては遠慮しておきます」

社内の独身男性の話に移り、将来有望でいい男を、梅原が次々と提案してくる。身の丈に合った男性ばかりを挙げてくれて、雪哉や秘書の天王寺の名前が出てこないところがさすがだ。

「社内恋愛って禁止じゃないんですね」

「ええ、そんな規則はないわ。まあ、同じ部署だと多少やりにくいだろうけど、部署が違えば知らない人も多いし、別れたとしても居心地が悪くなったりはしないと思うわよ」

別れた後に仕事に影響が出る可能性を考えると、社内恋愛は面倒かもしれない。オフィスラブがテーマの恋愛ドラマを観て憧れを抱いたこともあったが、実際に自分が働きだすと恋愛と仕事は分けた方が安全な気もする。

――それに、隠してても雪哉さんの耳に入る可能性が高いし……。付き合うなら社外の人かなぁ。

引っ越しが忙しく、婚活は保留になっていた。しかし、そろそろなにか作戦を考えないといけない。半年の期限はあっという間にやって来る。積極的に出会いの場に行かない限り、素敵な男性と遭遇することもないだろう。

「もし私に紹介できそうな独身男性がいたら、そのときはよろしくお願いします」

「ええ、ちょっと探しておくわ！」

頼もしい返事に、妃奈子は笑いながら礼を言った。


それから数日、妃奈子は隣の部屋に住む吉澤と頻繁に遭遇した。

朝の出勤時は毎日会うし、帰宅時間も被ることがあった。さらに吉澤は妃奈子と同じ電車に乗って出勤していた。会社は別の駅で、妃奈子の方が先に降りるが、こうも偶然が重なると不思議と相手を意識してしまう。

――たまたま、が何度も続くなんて、もしかしてこれって運命？

引っ越してからはじめて迎える金曜日の夜。その日も、示し合わせたかのように帰宅時間が重なり、駅の改札で吉澤が背後から声をかけてきた。

「清華さん」

「あ、吉澤さん。お疲れ様です」

「お疲れ様、また会えたね」

ニコニコと笑う姿は、大型犬がじゃれついているようだ。

よく見ると、雪哉ほどではないが吉澤は整った顔をしていた。身長も高く、がっしりとしているが、威圧感はない。歩くペースも妃奈子に合わせてくれているし、女性へのさりげない気遣いが窺える。

「ようやく金曜日だね」

「そうですね、長い一週間でした」

他愛ない世間話も苦痛ではない。吉澤の持つフレンドリーな空気に、妃奈子はだんだんと馴染んできている。

——恋人はいるのかな？

自然とそういう疑問が湧いてくる程度には、吉澤のことが気になりだしていた。

エレベーターで三階に上がり、それぞれの部屋へ向かう。玄関前でキーケースを取り出そうとしていると、一足早く扉を開けた吉澤の少し慌てた声が聞こえてきた。

「あ、こら……！」

続いて聞こえてきたのは、可愛らしい猫の鳴き声。

——ん？　猫？

吉澤の足の間をするりとくぐり、小さな猫が妃奈子の方にとてとてと歩いてきた。足にふわりとした尻尾が巻きつく。猫は妃奈子を見上げ、小さく鳴いた。

「可愛い……」

まだ子猫のようなか細い鳴き声に、妃奈子の胸がキュンと高鳴る。

キーケースを探す手を止め、妃奈子はその場にしゃがんで猫を抱き上げた。

「ごめん、清華さん。捕まえてくれてありがとう」

「いえ、可愛い猫ちゃんですね。この子は吉澤さんの猫ですか？」

「うん、そうなんだ。実はついこの間、ブリーダーをやってる知人から譲り受けてね。このマンションは小動物なら飼っても大丈夫だから」

そういえば契約書に、猫などの小型のペットは飼ってもいいと書かれていた。ただし敷金が二倍かかるが。

ふわふわな毛並みからして長毛種だろうか。全体的に白くて、耳と尻尾だけ灰色だ。目の色は綺麗なブルー。見知らぬ人間に抱かれても暴れることなく、じっとしている。

——ぬいぐるみみたい……！

ペットを飼った経験がないため抱き方が正しいかもわからないが、猫はじっと妃奈子の腕の中で大人しくしている。まっすぐに見つめてくる表情が愛くるしくてたまらない。

「えーと、よかったらうちで少し遊んでいく？」

吉澤の提案に、妃奈子は無意識のうちに頷いていた。

ハッと我に返ったのは、吉澤の部屋に上がり込んで紅茶を出されてからだ。今まで知り合ったばかりの男性の部屋になど絶対に上がったことはなかったのに。猫の魅力が恐ろしい。

「ごめん、うちティーバッグしかなくて。砂糖やミルクもないんだけど……」

「いいえ、お構いなく！　私の方こそ、図々しく上がり込んですみません。あの、すぐに帰りますので」

「いいよ、気にしないで。なにもお構いできないけど、そいつと遊んでやってもらえたらうれしい」

コートとスーツのジャケットを脱いだ姿で、吉澤が笑う。妃奈子もコートを脱いだらどうかと言われ、膝の上にのせていた猫をそっとラグの上に置いた。

猫は大人しくラグに座り、妃奈子をじっと見上げている。大人しい性格なのか、隠れることも走り回ることもない。

「コート、ハンガーにかけておくよ」

「あ、ありがとうございます。あの、適当で大丈夫なので、本当にお構いなく」

吉澤の部屋は妃奈子と違い、少し広めのワンルームタイプだった。最低限の家具と荷物しか置かれていないからか、少々殺風景に感じるが、男性の一人暮らしならこんなものなのだろう。

――あ、キャットタワーがある。あと猫のブラシも。

室内飼いのため、きちんと運動ができるように猫用のグッズは揃っているようだ。

吉澤がBGM代わりにテレビをつけて、ローテーブルを挟んだ向かい側に座った。

妃奈子も再びラグの上に座ると、じっと待っていた猫がトン、と片脚を妃奈子の太ももにのせた。見上げてくる目が、のってもいいかと尋ねているように見えて、妃奈子も自然と笑みが零れる。

「大人しい子ですね。人見知りしないし、抱き上げても嫌がらない」

　あまりの可愛さに頬が緩みっぱなしだ。再び膝の上にのせて、ふわふわな毛並みを堪能する。

「うん、初心者にも飼いやすい品種だと言われたよ。確かラグドールっていう種類で、人懐っこいらしい」

「そうなんですね。名前はなんていうんですか？」

「大福（だいふく）」

「……え？」

「顔や身体の毛が白くてふわふわだから、大福みたいだな、と。……わかってる、センスないって言いたいんだろ」

「いえ、ちょっと意外で。でも縁起がいい名前だと思いますよ」

　もう少しこじゃれた名前かと思ったが、和名（というよりも和菓子の名前）も聞き慣れると多分可愛い。

　それにふっくらした顔は、確かに大福餅のようにも見える。

　――ああ、本当可愛い。めちゃくちゃ可愛い……癒やされる……。

　仕事の疲れが一瞬で吹き飛んでしまうほどの愛らしさに、妃奈子の心は早くも奪われていた。今まで、ペットを飼うなら犬だと思っていたが、猫も可愛い。犬は毎日散歩に出かける必要があるだろうが、室内猫なら単身者でも飼いやすそうだ。

――独身女性が猫を飼ったら婚期が延びるって聞いたことがあるけど、これは仕方ない。だって可愛いんだもの。

猫がいたら寂しさも感じないだろう。恋人も必要なくなる気がする。

「夕飯まだだよね。よかったらなにか食べていく？」

「え？」

「簡単なものしか作れないけど、それでも構わなかったら」

「そんな、申し訳ないです。勝手に上がり込んだうえに夕食までなんて」

「いや、俺が誘ったんだからそれは気にしないで。それに、こうして清華さんとゆっくり喋れることがうれしくて」

妃奈子は思わず吉澤を見つめた。ほんのりと彼の耳が赤くなっていて、照れているのが伝わってくる。

恥ずかしくなったのか、吉澤は視線を彷徨わせた。

「本当は挨拶だけじゃなくて、もっとお近づきになりたいと思っていたんだ。何度も会うなんて、運命みたいだなとか……って、気持ち悪いよな、男のくせに」

「……いえ、そんなことは……。私も、少しそんなふうに思っていたので……」

じんわりと顔の熱が上がってくる。

吉澤のことを男として意識したのはつい最近のことだ。お近づきになりたいとまでは思っていなかったが、言葉にしてみたら、何度も会う偶然はやはり運命なのかもしれない。

――あれ、私、もしかして吉澤さんのこと、気になってた……？

胸の奥がむずがゆい。なんだか甘酸っぱい気持ちが広がる。

撫でる手が止まったことを、子猫が気づいたのだろう。丸まっていた身体を起き上がらせ、妃奈子の掌に頭を擦り付けてきた。その仕草にも胸がキュンと高鳴るが、それが猫に抱く感情か、それとも吉澤を想ってのことなのかわからなかった。

答えが出る前に、吉澤が「清華さん」と名前を呼んだ。

「今、お付き合いしている男性っている？」

妃奈子は首を横に振った。その次に言われる台詞は、容易に想像できた。

「それなら、俺と付き合ってくれませんか。実は、一目惚れだったんだ。清華さんともっとこうして話をしたいし、一緒にいたい」

「……っ」

まっすぐに向けられる視線が熱い。

こんなふうに告白をしてくれた男性は、これまで雪哉以外にはいなかった。雪哉が向けてくる感情とは違う純粋な好意が、妃奈子の胸を甘くくすぐる。

――どうしよう、告白されてうれしいかも……。

そう感じたのなら、心の赴くままに一歩を踏み出すべきだ。

妃奈子はコクリと唾を呑み込み、気持ちをぶつけたくれた吉澤に微笑んだ。

「あの、よろしくお願いします」

ようやく出てきた言葉は、無難なものだった。だが妃奈子のはにかんだ笑顔を見て、気持ちを正しく受け取ったのだろう。彼は満面の笑みを向けて喜んでいる。

――本当、飼い主の方は猫というより大型犬みたい。

裏表がなく、率直に気持ちをぶつけてくれる。もしも彼に尻尾が生えていれば、きっと今は大きく左右に振っているだろう。

はじめて彼氏と呼べる存在ができて、妃奈子の心も舞い上がった。

「清華さん、下の名前で呼びたいんだけど、名前を教えてくれる？」

そういえば互いに苗字しか知らないことを今更ながらに気づいた。

妃奈子は改めてフルネームを告げる。

「清華妃奈子です」

「妃奈子さん、可愛い名前だね。なんて呼んだらいい？　ひなこちゃん？　ひなちゃん？」

ひなちゃんと呼ばれるのは少し抵抗がある。雪哉や雅貴と同じだからだ。

「友人からはひなと呼ばれるので、ひながいいです」

「わかった、ひな。俺は拓海っていうんだ。拓海でいいよ」

「じゃあ、拓海さん」

下の名前を呼び合うだけで照れ臭さを感じるなんて、中学生みたいだ。だが自分はそんな恋愛がしてみたかったのかもしれない。

――こんな近くに彼氏になる人がいたなんて。焦って探しているときにはできなくて、探していないときにできるものなのね。

すぐに夕食を作るという吉澤に、妃奈子は手伝いを買って出た。


チャットアプリを使い、妃奈子は綾香に連絡を取った。内容はもちろん、恋人ができたことだ。

驚きと喜びを表現したスタンプがすぐに送られてくる。続いておめでとうのメッセージと、相手は誰でどこで出会ったのかという質問が入る。

一人暮らしを始めたマンションの隣人だと告げたら、運命を感じるとの返事が来たので、思わず笑ってしまう。

『同じマンションの隣同士だなんて、まるで半同棲状態だね。いつでも泊まり放題じゃん』

妃奈子は数秒考え込んだ。綾香が言わんとしていることはわかる。しかし夜には自室に戻るし、恋人の家に宿泊することも、まず吉澤が雪哉に認められてからになるだろう。

宿泊するかは別として、吉澤が自分の部屋に遊びにくることを考えると、部屋を綺麗にしておかなければという気持ちが湧いてくる。そんなに物は置いていないが、女性らしい部屋かと問われれば、まだ殺風景すぎる。

「拓海さんの手料理、おいしかったな……。男の人でも一人暮らしが長ければ、料理はできるようになるのね」

残念ながら妃奈子の料理の腕前は、簡単なものが作れる程度だ。

御影の家にはお抱えの料理人がいたし、留学先では勉強が忙しくてパスタやカレーライスなどしか作っていない。凝った料理はまるでしたことがないので、生活が落ち着いてから徐々に自炊をしようと思っていた。

「お惣菜もあるし、食べ物に困らないからつい外に頼っちゃうけど、彼女がまったく料理がでないのはがっかりするよね……」

ううむ、と考え込んでいると、綾香からメッセージが返って来た。クリスマスのプランは早めに考えておいた方がいいというアドバイスだ。

『どこも混雑するだろうし、人気のレストランは早くから予約が必要だと思うわよ』

ウィンクつきの絵文字を見て、クスリと笑う。お節介で優しい友人の助言をありがたく聞き入れよう。

お礼を返し、チャットのやり取りはひとまず終わった。ベッドにごろりと横になり、これからのことを考える。

「クリスマス……そういえば美玲ちゃんは、雪哉さんをデートに誘うって言ってたっけ」

自分の従姉ながら、行動の速さに驚いてしまう。

自信に溢れ、欲しいものにはまっすぐ手を伸ばす美玲が少し眩しい。

思えば妃奈子は、欲しいものがあっても口に出せず、諦めてしまうような性格だった。

幼い頃も、両親の顔色を窺うことが多く、我慢をすることが多々あった。

なにかを望むことに臆病になっていて、誰かに背中を押されないと一歩が踏み出せない。

留学は、そんな自分を変える大きな一歩だったと思う。積極性がなければ、外国ではやっていけないからだ。

「美玲ちゃんは雪哉さんに本気なのかな……。雪哉さんは、私より美玲ちゃんを選ぶのかな」

同じ清華の血を引く娘だ。彼が清華家に執着しているのであれば、自分でなくても構わないはずだ。

こんな面倒な性格の自分よりも、美人で明るい性格の美玲の方が好まれるだろう。

恋人ができたばかりだというのに、静かな部屋にいると、妃奈子はつい雪哉のことについて考えてしまっていた。あの二人の関係性がどう動くのか、知りたくないようで気になってしまう。

「やめやめ。人のことよりも、自分のことをどうにかしないと」

吉澤とはまだ交際が始まったばかりだ。今後どうなるかわからない相手を雪哉に紹介することはできない。

相手がプロポーズをしてくれるなんてわからないし、自分がずっと一緒にいたいと思える大切な人と巡り合えたら、雪哉に紹介するという約束だ。

改めて、雪哉はなんて無茶苦茶な要求をしてきたのだろうと思う。勝負を受けたときは、半年も時間があるのだし、真剣に婚活をすれば大丈夫だと思っていたのに。現実は、仕事と新しい環境に慣れることを優先していた。絶対に負けることがないとわかって勝負を仕掛けてきたのだろうが、その通りにはさせたくない。

穏やかな微笑の下に隠されているのは、狡猾で冷静な一面だ。まだまだひよっこな自分では、雪哉と対等に渡り合うことは難しい。

――そういえば、拓海さんと連絡先をまだ交換してなかったわ。

いつでも会える距離にいるから、電話番号すら訊くのを忘れていた。すぐに必要なわけではないけれど、もし相手もクリスマスのプランを考えているなら、一緒に計画したい。

はじめてできた恋人というものが、くすぐったくもありうれしくもある。大型犬のように大らかで優しい人なら、妃奈子のペースに合わせてゆっくり関係を築いてくれるだろう。

情熱的な愛を囁く恋にはならないかもしれないが、それでいい。

妃奈子が求めているのは、日常に溶け込むような穏やかな愛情だ。燃え盛る炎に似た恋愛は、映画の中だけで十分なのだ。

綾香の助言を思い出し、ネットで恋人向けのクリスマスイベントを検索する。美玲が雪哉を誘うイベントとは被らないようにしたい。二人が行くところを避ければ、遭遇することはないはずだ。

「クリスマスのイルミネーションデートとか、定番もいいなぁ……。拓海さん、好きかな」

ロマンティックなムードに浸れるデートコースや、テーマパークのイベントなどを見つけ、妃奈子はいくつかの候補をスマートフォンに保存した。

小さな違和感というのは、互いの時間をじっくり共有しなければ気づかないらしい。

交際を始めた翌日は土曜日だった。その日は話題になっていた新作映画を観に行き、カフェでお茶をしてからスーパーに買い出しに行った。夕食を吉澤の家で作り、猫を存分に撫でる。猫はブラッシングを気持ちよさそうに受け入れ、人懐っこく妃奈子に甘えていた。

付き合うまでフルネームも知らず、世間話以上の話をしてこなかったが、これから少しずつ相手のことを知っていけたらいい。

妃奈子は吉澤の明るく裏表のない笑顔を好ましいと思っていた。笑うと目尻にくしゃっと皺ができるのも、やはり犬みたいで可愛いと思える。これが恋だと言われたらそうなのかもしれないと思える程度には、吉澤を好きだと感じていた。

しかし、共にいる時間が増えていくにつれて、妃奈子は歩調のズレに気づくようになっていた。

——ちょっとスキンシップが多い……？

映画に出かけたとき、吉澤は人前でも妃奈子の手を繋いできた。躊躇いもなく繋いできたことに、妃奈子は少しびっくりした。自分に交際経験がないため比べることはできないが、まだ互いの距離感をはかっている段階だと思っていただけに、吉澤の積極性は意外だったのだ。

しかし手を繋ぐぐらいで動揺してどうする。妃奈子は表面上ははにかんだ笑みを浮かべたが、それから徐々に吉澤のスキンシップが増えていった。

腰を抱く、顔を寄せる、妃奈子が飲んだ飲み物に平気で口をつける。

どれも些細なことだし、飲み物をシェアすることも親しい友人同士なら普通だろう。しかし、相手はまだ交際して数日という浅い関係だ。自分が口をつけていたストローを吸われると、次に口をつけるのに躊躇してしまうのは、普通ではないのか。

——キスまではされてないけど、顔を寄せられるとドキッとする……。

そのドキドキは、恋のときめきを含んだものとも違う気がする。純粋にびっくりしたときのものだ。

甘さを感じていないことに、妃奈子は戸惑いを覚えた。吉澤のパーソナルスペースは妃奈子と違って狭いのだろう。誰にでもくっつくことができるし、人懐っこく甘えることができる男なのだ。

居心地が悪く感じるなら、妃奈子が吉澤に合わせればいい。どうしても彼の速度に追いつけなければ、吉澤にきちんと話してわかってもらおう。

はじめから本音を話せたらいいのだが、妃奈子の根底には遠慮と怯えがあった。恋人に甘える方法などわからないし、ようやくできた恋人に嫌われたくない。誰だって最初は我慢もするし、相手に合わせる努力もするはずだ。なにもしていないうちから、少し違うかもと思うのは逃げているようにも感じる。

自分とのズレや違和感を覚えつつも、妃奈子は平日の夜も吉澤の部屋に行き、夕食を作り、二人で食べるということを繰り返した。

はじめは吉澤が手料理を振る舞ってくれたが、次第に食事を作るのは妃奈子の役目になった。朝は忙しいので別々だが、夜は一緒に食べる。食事を終えると、吉澤は猫の面倒を適当に見て、浴室に消えるのだ。後片付けも妃奈子の担当になっていた。

――彼女なんだから、彼にご飯を作るのはきっと当たり前よね……。

作るとおいしいと言って食べてくれるが、仕事で疲れて帰って来ても吉澤は妃奈子の手料理が食べたいと待っている。それを愛しいと思うか、面倒だと思うかは、愛情の重さの違いなのだろうか。

手料理を食べたいと望んでくれることはうれしいが、それなら何故気遣うことをしないのだろう。早く帰って来た方が買い物を済ませ、疲れている恋人を労わってくれてもいいのではないか。料理ができないならまだしも、一人暮らし歴は吉澤の方が長いのだからある程度わかっているはずだ。

食器を洗いながら、妃奈子は少しずつ心の疲れに気づいていた。

恋人ができたら、心が甘く満たされるものだと思っていたが、実際は気疲れの方が大きい。一緒にいて楽しい関係を望んでいたはずだった。恋人は対等の関係であるとも思っていた。

しかし自分が考える対等と、相手が考える対等にはズレがありそうだ。価値観の不一致とまではいかなくても、小さなモヤモヤが溜まっていく。

──それに、外で会うときと家の中では態度が違うような……。

外ではそれこそ、妃奈子を気遣い、エスコートしてくれる。彼女を思いやる彼氏として振る舞うのだ。しかし家に帰れば、途端に食事以外の掃除や洗濯も妃奈子に押し付けてくる。その落差にも、妃奈子は戸惑っていた。

「ひな、冷蔵庫から炭酸水取って」

風呂上がりの吉澤が、タオルで髪の水気を拭いながら妃奈子に声をかけた。

妃奈子は膝にのせていた猫をどけて、キッチンに向かう。ちなみに浴室からの方がキッチンに近い。

冷蔵庫を開けて炭酸水を探したが、昨日飲み切ってしまったらしく、予備はなかった。

「あの、中に入ってないんだけど」

「え～、なんだよ、買っておいてくれてないの？　俺あれ好きって言ってたじゃん」

「……ごめんね」

「じゃあソーダかビールでいいや。風呂上がりは炭酸が飲みたい」

そう言われ、妃奈子は無言でペットボトルのソーダを渡した。キャップを回し、ガスが抜ける音を聞く。

吉澤は足元に擦り寄って来た猫を抱き上げ、ソファに座りテレビを観始めた。髪の毛は乾かしていない。

「拓海さん、先に髪乾かさないと風邪ひいちゃうよ」

「はは、ひなって母親みたいだな」

気まぐれのように猫をあやし、恋人を母親みたいだと笑う男を見て、妃奈子は吉澤との温度差を強く感じた。

——私、さっき謝る必要なかったよね？　炭酸が好きだと言ったからって、買ってお いてくれるものだと思ってるのもおかしいよね？　食材だって全部私が買うのが当然のようになってるし、半分出すよとも言われない。

　モヤモヤが溜まっていく。そう感じるのは自分の心が狭いからか。

　まるで都合のいい女のような扱いをされている気がして、無性に虚しくなった。大事な女性への扱いというには、ぞんざいと思わずにはいられない。

「私もお風呂入りたいから、もう帰るね」

　ハンドバッグを摑んで玄関に向かおうとすると、吉澤が声をかけた。

「風呂ならうちで入っていけよ」

　――え、意味がわからない。

　自分の家は隣の部屋だ。必要なものが揃っている浴室がすぐ隣にあるのに、何故不便な部屋で入らなければならないのだ。

「いいよ、シャンプーも自分のがいいし」

「そんなのうちに持ってくればいいじゃん」

　この男、わざわざ部屋に戻って必要なものを隣の部屋に持ち込めと言っているのか。妃奈子は啞然とした。非合理的すぎるし、彼の意図がわからない。

　茫然と突っ立っている妃奈子に、吉澤は痺れを切らしたのか、妃奈子の腕をグイッと引っ張り抱きしめた。

　突然の抱擁に、妃奈子の身体がびくっと震える。耳元で「帰んなよ」と囁かれたが、妃奈子は反射的に吉澤の胸を押し返していた。

「明日も早いから、帰ります」

　妃奈子は逃げるように自分の部屋に戻り、施錠した。

　心臓が落ち着かず、ドキドキとうるさい。

　それははじめて吉澤に抱きしめられたからではなく、驚きと……不快感からだ。

　恋人に抱きしめられて怖いと感じた。強引に迫られたら、足がすくむかもしれない。

「……なんでだろう」

　吉澤は別に暴力を振るったわけでも、迫ってきたわけでもない。

　だが、吉澤からはもっと関係を進展させたいという気持ちが伝わってくる。

　スキンシップで妃奈子の腰を抱いたりしていたのは、もしかして彼の方も距離感をはかっていたのだろうか。

　数日後にはクリスマスイブが迫っていた。

　今年は平日のため、仕事帰りに都内でイルミネーションを観てからクリスマスディナーを食べに行く約束をしている。けれど楽しみにしていた予定も、今は気が進まない。

「私、拓海さんのことどう思ってるんだろ……」

湯船に浸かり、膝を抱える。

好ましいと思って交際をスタートさせたはずなのに、些細なことが気になってしまう。互いのことを思いやれる関係になると思っていたが、それは傲慢だったのだろうか。

そして厄介なことに、ふとした瞬間、妃奈子は無意識のうちに雪哉と比べていることにも気づいていた。

まるで刷り込みだ。鳥の雛が、親鳥の後を追うように、妃奈子の心にはずっと雪哉が住みついている。彼を目で追い、憧れを抱いていた気持ちが恋人ができても消えてくれない。雪哉が認めてくれるような男性との恋愛を望んでいた。吉澤の大らかで裏表のない性格は妃奈子の心を包んでくれると思っていたが、今はその自信もない。

「でも、時間をかけてゆっくり愛を育まないと無理だよね……」

相手に求めるだけでなく、自分も相手を愛したいし、努力したい。

与えられることが当たり前でいたくないし、与えられる人にもなりたいのだ。

それなのに、周囲の人たちが当たり前のようにしていることが、何故か自分には難しい。深く人と付き合ったことがないから、うまくできないのだろうか。

「きちんと話をしないとダメだわ。私がなにを考えて、なにを望んでいるのか。言葉にしないと、伝わらないもの」

妃奈子に交際経験がないこと。はじめてのことばかりなので妃奈子のペースも尊重してほしいこと。性的な触れ合いは、結婚する人としかしたくないこと。

せめて婚約すれば別だが、今の吉澤とは婚約する気になれなかった。

——まだ、付き合ったばかりだもの。私もきちんと話をして、わかり合えるよう努力をしてから結論を出さないと。

見極める時間はまだ残っている。

「それに、猫に見せる笑顔はやっぱり優しいし。きっと根は優しい人だから大丈夫よね……」

自分を納得させるように、妃奈子は呟きを落とした。


その日の夜、妃奈子に電話がかかってきた。相手は美玲だ。

『一人暮らしは順調？』

「うん、大丈夫。美玲ちゃんこそ、もうこっちに引っ越してきたんだっけ？」

『先週末ようやくね。仕事も引き継ぎが終わって、正式な異動が年明けだから、それまで少しゆっくりできるわ』

美玲の声を聞き、妃奈子は少しほっとした。気兼ねなく話せる相手が近くにいるのは、精神的に安心する。

『なにか困ったことでもある？　ちょっとふさぎ込んでいるように聞こえたけど』

妃奈子の声からなにかを嗅ぎ取ったのだろう。美玲が気遣うように尋ねてきた。

「美玲ちゃん……、困ったことではないんだけど、実はね……」

妃奈子は一人暮らしを始めてから、隣の部屋に住む男と交際を始めたことを話した。

最初はとてもいい人だったが、少しずつペースにズレを感じ始めている。一目惚れしたと告白されたが、あまり好かれているようには感じないこと。そしてそんな彼に、自分も本当に恋をしているのかわからなくなってきていること。

「些細なことかもしれないけど、小さな仕草や言動がいちいち気になっちゃって。って、ごめんね、こんな話」

『その男、ひなに手を上げたりお酒を飲んで豹変したりっていうことは？』

「そういうのはないよ、大丈夫」

『無理やり迫られたり、嫌がってるのに止めないということも？』

「うん、そこまでのこともされてない。まだキスもしてないし」

電話越しに驚かれた。キスもまだというのは予想外だったらしい。

『半同棲状態で、泊まりはなし。キスもまだって、その男、実はゲイだったりして』

「ええ？　それなら私に告白しないよね」

結論は出なかったが、美玲にはとりあえず様子見を提案された。少しでも不快感を覚えたり、恐怖を感じたらすぐに逃げろとも。

また、自宅が隣同士というのは逃げ場がなくて危険だとも言われてしまった。顔見知り程度で、まだ深く知りもしない相手と交際関係になるのは警戒心が薄いとも。

――それもそうよね。同じ職場の人とか、きちんと素性がわかっている人ならまだしも、苗字しか知らない相手ともしトラブルが起きたら厄介だし……。

素敵な人だなと思っても、相手が本当にいい人かどうかなどわからない。隣人と知り合い、運命を感じて交際スタートというのがうまくいくなんて、ドラマみたいな話だ。

警戒心を忘れないようにと釘を刺されて、妃奈子は深く頷いた。

それから、美玲がクリスマスイブの夜に雪哉とデートをすると聞き、妃奈子の胸の奥は少しだけざわついたが気づかないふりをする。

電話を切って、妃奈子はベッドに寝転んだ。

――まだ一か月も付き合っていないんだから、大丈夫。これからもっと知っていけば……。

そう自分自身に言い聞かせた。

クリスマスイブの夜。約束通り、妃奈子は仕事帰りに吉澤と待ち合わせをしていた。

外は雪がちらつきそうなほど寒い。この季節にしか見られないクリスマスのライトアップを堪能し、十九時半に予約していたレストランでクリスマスのディナーコースを食べた。

「メリークリスマス」

グラスを合わせ、にこやかに笑う吉澤の機嫌はよさそうだ。妃奈子は心の中でほっとした。

周囲を見回せばカップルだらけ。自分たちも幸せなカップルに見えるのだろうか。

コース料理は、はっきり言えば少し期待外れだったが、それでもクリスマス仕様のデザートは可愛かったし、目で楽しめるコースだった。

食後のコーヒーを飲みながら、妃奈子は吉澤へクリスマスのプレゼントを渡した。

「これ、クリスマスのプレゼント」

吉澤が驚いた顔をする。うれしそうに破顔し、紙袋を開けた。

妃奈子が贈ったのは、ネイビーのシックなマフラー。この季節にぴったりの贈り物だ。

「ありがとう、うれしい。俺、ディナーをご馳走しようと思ってプレゼントは用意してないんだ」

「ううん、気にしないで。おいしかったわ、ありがとう」

正直プレゼントを渡されても、どうしたらいいか困りそうだ。そんなふうに思う時点で、彼への気持ちが恋心ではないのかもしれない、と妃奈子自身も気づき始めていた。

そのまままっすぐ帰宅し、妃奈子は吉澤の部屋に連れ込まれる。

「上がっていけよ、コーヒーでいい？　それとも飲み直そうか」

翌日も平日なので、お酒は控えておきたい。妃奈子はコーヒーを自分で淹れようとした。

「私コーヒー淹れるよ」

キッチンにいる吉澤の傍に行くと、妃奈子の身体がグイッと引っ張られた。ギュッと吉澤に抱きしめられる。

「え？」

「もう限界」

吉澤の呟きとともに、ふいに身体が浮き上がる。

抱き上げられ、妃奈子はベッドの上に投げ出された。

「キャア……！」

見上げると、吉澤がネクタイを緩めていた。その目には隠しきれない情欲が滲んでいる。

欲情した男の目だとすぐに気づいた。妃奈子はあせって上半身を起こす。

「ひな、もういいだろ」

「ま、待って、拓海さん……！　もっと早くに言うべきだったのは謝るけど、私、ダメなの。性的な行為は、せめて婚約するまでは、できない」

妃奈子は勇気を持ってきっぱりと拒絶した。

しかしそんな宣言を軽んじるように、吉澤は妃奈子をベッドに押し倒した。

「なら婚約すればいいじゃん」

「え……？」

驚愕のあまり目を見開く。今この男はなんて言った。

――今から抱きたいから婚約するってこと？

雪哉の声が蘇る。本当に好きな女性ならば、男はいくらでも待つことができると。

好きな女性を傷つける真似はしないし、相手の意志を尊重する。

そんな当たり前のことができず、自分の欲望を優先させる男は単なる獣で、真に女性を愛しているとは言い難い。

　つまり、吉澤は自分を愛してなどいなかったのだ。薄々感じていたことだ。この男に好かれている気がしないと。

　――でも、私もこの人を恋人と思い込もうとしたけど、好きになれなかった。

「や、やめて、拓海さん……やだっ」

　抵抗など気にせず、妃奈子の脚からタイツを脱がそうとする。厚手のタイツを穿いていたために、肌が空気に触れると暖かい室内でもヒヤリとする。

「別にはじめてでもないんだろ。それとも、そーゆープレイ？」

「……っ！」

　下卑た顔で笑う男が、まったく知らない人に見える。

　――この人は、嫌がる女性を見るのが好きな性癖なのかもしれない。

　イヤな推測が頭をよぎった。妃奈子が嫌がれば嫌がるほど、興奮する男だったら性質が悪い。悪趣味極まりないが、妃奈子が逃げ切れるかわからない。

　むき出しの太ももに、吉澤の手が這う。

　少し汗ばんだ手が、妃奈子の白い太ももを撫でた。ぞわりと肌が粟立ち、気持ち悪さが込み上げて来る。

「今日が何の日だかわかってんだろ。恋人たちが熱い夜を過ごす日に、お預けなんてさせられたら、何のために声をかけたのかわかんねえじゃん」

「……なに、どういう意味……」

声が震える。

妃奈子の手首を拘束し、吉澤が歪んだ笑みを見せた。

「クリスマスに一人で過ごすなんてダサいだろ。ヤレる相手が一人もいないなんてありえねえし。あ、それとも運命の相手をずっと演じ続けた方がよかった？　そんなの演出に決まってるだろ。運命なんて、そうそう転がってないって」

饒舌に喋りながら、妃奈子のワンピースを脱がそうとする。

妃奈子は相手を蹴り上げようと抵抗したが、逆に足首を摑まれてしまった。

「なんだ、大人しそうな見た目のわりに大胆じゃん。やっぱりそういうプレイが好きだったんだろ」

こういうとき、相手を怒らせてはいけないとどこかで聞いた。逆上されて暴力を振るわれると命の危険があるからだ。

だが妃奈子はなにもできずに泣いて嘆くのは嫌だ。

「イヤです、あなたとはセックスできません。そこをどいてください」

吉澤の動きがぴたりと止まった。顔からすっと表情が抜け落ちる。

抵抗したり泣いたりすることで喜ばせる可能性があるなら、ここは冷静に会話を試みた方がいい。効果があるかはわからないが、どこかで隙も生まれるかもしれない。

吉澤は妃奈子の足首を放した。妃奈子は自由になった脚を引き寄せ、吉澤をじっと睨む。視線を逸らしたら危険だと、野性の本能が告げているようだ。

膝立ちのまま妃奈子を見下ろし、吉澤は首からネクタイを引き抜いた。片手にぐるりと巻きつける。

絞殺、という言葉が頭に浮かんだ。

ドラマで見たことがある。痴情のもつれで男女のどちらかが、首にネクタイを巻きつけられて殺されるのだ。サスペンスドラマのようにネクタイが実際に人を殺せるのかはわからないが、妃奈子の恐怖は確実に増していた。

動いたら殺されるかもしれない――。

相手から殺意は感じないが、欲情は治まっていない。この男はまだ妃奈子を犯すつもりでいる。

「大人しくしろよ。腕、結ばれたいか？　別に殴ったりする趣味はないから安心しろ。ただ気持ちよくなりたいだけなんだよ、わかるだろ？」

――わかるわけない！

殴らなくても、性的な暴行を働こうとしている男に、大人しく腕を差し出すと思うのか。女性を物のように扱う男が、避妊をするとも思えない。

——そうよ、この男が避妊を気にするとは思えないわ。そんな配慮は絶対にしない。

ゾッとした。好きでもない男の子供を妊娠させられる恐れがあることが、怖くてたまらない。たとえピルを飲んでいても、病気を移されたらたまったものではない。

性行為は生殖行為なのだ。愛する人の子供はいつか欲しい。だけど、望んでいない妊娠をして、自分は子供を愛せるだろうか。

「いや、わかりたくない……力で屈服させようとする人に身体を奪われるなんて、絶対にイヤ」

「へぇ……存外気が強いな。だがその怯えっぷり、お前処女だろ」

「っ！」

妃奈子の反応でその通りだとわかったのだろう。吉澤は手に巻きつけていたネクタイをベッドに放った。

「処女は面倒くさいな……仕方ない、口でいいわ」

——口？

疑問が口から出る前に、吉澤がガチャガチャとベルトを外し始めた。それがなにを意味するのかわからないほど、妃奈子も初心ではない。

「とりあえず口でしゃぶれよ」

ファスナーを下ろし、取り出すものなど見たくない。

おぞましさを感じ、妃奈子はギュッと目を瞑り、口を閉じた。

先ほどから思い出すのは雪哉のことばかりだ。彼の声と優しさが、窮地になって思い出される。

——バカだ、私……。

こんなときになってようやく、雪哉に向けられる気持ちが本物だったことに気づく。

彼はずっと妃奈子の気持ちが自分に向けられるのを待っていた。その間、乱暴をされたことも、妃奈子を怖がらせることもなかった。彼の気持ちはいつだってまっすぐだ。妃奈子の気持ちを尊重し、見守ることだってしてくれた。

ベッドが軋む音がする。重心が移動し、妃奈子の近くでマットレスが沈んだ。

このまま好きに扱われるのは絶対にイヤだ。なにか近くの物を投げて、隙をついて逃げなきゃ——。

強く目を閉じたままそう考えた瞬間、玄関の扉が開く音がした。続いて人が入って来る音。

――なに？

迷いなく歩いてくる音はこちらへ向かってくる。もしかしたら吉澤に仲間がいたのかもしれないと思うと、恐怖で目を開けることができない。

だが、その足音は聞き慣れた音のように感じた。

薄く目を開けると、何故かそこには土足のまま上がり込んだ雪哉がいた。

「え……」

背後でドサリと大きな物が落ちた音がした。吉澤がベッドの下に転がっている。

「え、え？」

――なに、どういうこと。どうして雪哉さんが？

扉は施錠されていなかったのか。いや、その前にここはオートロックのマンションのはずだ。住人以外が簡単に忍び込めるなんて、防犯上まずいのでは――。

「ひなちゃん、大丈夫ですか」

雪哉は汚物を見るような目で吉澤を一瞥し、妃奈子に手を差し出した。妃奈子に向ける笑みはいつものように柔らかく穏やかで、安心感を与えてくれる。

泣きそうになりながら、妃奈子は雪哉の手を取った。

「行きますよ」

雪哉は妃奈子を抱きかかえるようにして、玄関へ向かう。ついでに落ちていた妃奈子のバッグを拾い上げ、靴も回収した。

隣の妃奈子の部屋に戻るのかと思いきや、彼はエレベーターに乗り、マンションの外に停めてあったタクシーに妃奈子を乗せる。行き先はもう告げてあるようで、タクシーは無言のまま発車した。

タクシーに乗っている間、雪哉は妃奈子を安心させるようにずっと手を握り続けていた。妃奈子の身体は、雪哉が貸してくれたコートで包まれている。

タイツを脱いだままの脚はひどく寒い。

——雪哉さんの匂いだ……。

ほんのりと香水の匂いがしみ込んでいる。すれ違っただけではあまり感じないが、こうして包まれていると、その爽やかな香りが鼻腔をくすぐった。

何故彼がいたのか。

落ち着いてくると疑問が湧いてくる。しかし口を開こうとしたとき、タクシーが目的地に到着した。そこは御影がよく利用しているラグジュアリーホテルだった。

「降りますよ。歩けますか」

妃奈子は小さく頷いた。

雪哉のエスコートに導かれ、ホテルに向かう。

男物のコートを着込んでいるのは目立つ。それがわかっているのか、雪哉は正面からではなくホテルの裏口に回った。

そのエレベーターは、スイートルームのあるフロアにしか停まらない専用のものだった。

誰ともすれ違うことなく、妃奈子は雪哉に支えられながら広々とした部屋に足を踏み入れた。

「あの、どうして……」

俯いていた顔を上げ、妃奈子は雪哉に問いかける。訊きたいことがありすぎて、考えがまとまらない。

だが、先ほど崩れ落ちるように床に転がった吉澤のことが気になった。

「拓海さんは……」

「もちろん、死んでませんよ。少し眠ってもらっただけです」

雪哉の返答に、妃奈子は安堵した。どうやって彼を眠らせたのかは深く考えないでおこう。雪哉は荒事を好まないはずだが、できないとは限らないのだから。

だが、安堵した様子の妃奈子を見て、雪哉の機嫌は下降したようだった。声の温度が失われている。

「お優しいですね、自分を襲った男を心配するなんて。もしかしたら、僕は余計なことをしたんでしょうか」

「違う、雪哉さんが私の所為で犯罪者になったらイヤだもの。それに、全然余計なことなんかじゃない……」

緊張や不安や恐怖といった感情が押し寄せ、妃奈子の身体が震える。涙がぽろぽろと頬を伝い、雪哉のコートに染みを作った。

震える妃奈子を、雪哉が正面から抱きしめた。そのままゆっくりと抱き上げ、ソファに座る。妃奈子は雪哉のコートに身を包んだまま、彼の膝に横向けに座らされた。

「間に合ってよかったです……怖い思いをしましたね。僕がいますから、もう大丈夫ですよ。ずっとひなちゃんを抱きしめて、温めてあげます」

「ふ……っく」

いろいろな感情が溢れ出し、妃奈子は雪哉の胸に縋りついた。

背中をゆっくりと撫でられるのが心地いい。まるで子供の頃に戻ったかのようだ。

「もう大丈夫」と何度も声をかけられて、時折頭頂部にキスを落とされる。

嫌悪感はない。吉澤に抱きしめられたときは拒絶反応が強かったが、雪哉にはまったく感じない。

頭を撫でる手も、慰めてくれる声も、すべてが妃奈子の胸の奥を温めてくれる。

この胸の中は安心だ。彼の傍にいたら、自分は傷つかなくて済む。

——私はずっと、彼に守られてきた。雪哉さんは見守ってくれていたんだわ。

今も雪哉は妃奈子の緊張をほぐし、ただ寄り添ってくれている。耳に吹き込まれる優しい声は、余計に涙を誘った。優しくされればされるほど、自分の愚かさが浮き彫りになるようで、居たたまれない。それでも見捨てず、守り続けようとしてくれる雪哉に、めいっぱい甘えたくなった。

この人に幻滅されたくない。もしも手を差し出されなくなったら、絶望するだろう。

そんな気持ちに気づき、妃奈子は雪哉の胸に縋る手に力を込めた。

彼に見捨てられるのは怖い。このぬくもりが離れるのも。

——私、自分勝手だ……。少し前にあんなにはっきり拒んだのに今は求めているなんて。

ショックと恐怖と自己嫌悪と安心感。様々な感情が入り乱れ、妃奈子の心をぐちゃぐちゃにする。それを宥めるように、雪哉はずっと妃奈子の頭と背中をさすり続けるから、妃奈子の涙はなかなか止まらない。

しばらくしてようやく震えが治まり、涙も涸れてくると、彼は妃奈子を抱きしめたままの体勢でゆったりと問いかけた。

「……ひなちゃん、僕と結婚しましょう。これから先、あなたが泣いて、傷つくことがないよう、僕が一生守ります。これからもずっと大切にしますし、僕にはひなちゃん以上に愛しい女性はいません。あなただけを一生愛すると誓います」

静かな声で雪哉に再度プロポーズされ、妃奈子は二、三度瞬いた。まつ毛に付着していた涙の雫が頬に落ち、妃奈子はゆっくりと顔を上げる。

雪哉の慈愛に満ちた眼差しがまっすぐに向けられている。

嘘も偽りもない、彼の本心だと感じた。そこそこロマンティックかもしれない、彼の言葉は弱った心に直に響いた。

ずっと守って、一生愛してくれる。そんな相手が、妃奈子は欲しかった。両親と離れ離れになっても、頼りになる御影の人たちがいても、寂しくなかったのは雪哉がいたから。きちんと名前のある関係性を心のどこかで望んでいたのかもしれない。

「……本当に？　私以外に愛する女性はいない？」

「いません。僕が欲しいのは、ひなちゃんだけです」

真摯な眼差しに惹かれるように妃奈子は頷こうとして……動きを止めた。

脳裏をかすめたのは従姉の美玲。同じ清華の娘で、自分より年齢も容姿も雪哉に似合うと思う女性だ。

今日、雪哉は彼女とデートだったはずだ。彼女が楽しみにしていた時間を自分の所為で壊したのではないかと思うと、罪悪感が込み上げてくる。

妃奈子はキュッと唇を結び、ゆっくりと解いた。

「美玲ちゃんは？　今夜はデートだったんじゃないの？」

妃奈子がそのことを知っていることに、雪哉は驚かなかった。安心させるように、妃奈子の後頭部を撫でる。

「彼女と会うのは明日の夜になりました。どうしても話がしたいと言われたので、会うだけですよ」

だがその日はクリスマス当日だ。会うだけなんて、詭弁ではないか。

その日をわざわざ選んだ女性の気持ちに気づかない男ではない。周囲の人間も、特別な日に男女が会っていればデートだと思うだろう。

「クリスマスの夜に男女がご飯を食べに行くのがデートでないなら、なにがデートになるの。雪哉さんはそう思ってても、美玲ちゃんは違うかもしれない」

「……確かに、そう思われても仕方ありませんね。僕は食事をしながら話をするだけだと念を押しています。気になるようでしたら、あなたも来ますか」

そこまでは妃奈子も望んでいない。一緒について行くなど、楽しみにしていた美玲にも悪い。それに元々二人が約束をしていたことだ。食事をして話をするだけだと雪哉も言っているし、彼は美玲に特別な感情は抱いていないということだろう。

確かめるのは怖いが、妃奈子は雪哉に問いかけた。

「いいの？　美玲ちゃんも同じ清華の娘なのに」

「……どういう意味ですか？」

動揺は見られないが、雪哉の目が少しだけ細められた。反射的に妃奈子の身体が震えそうになる。

雪哉がどこまで知っているのかわからない。だが、なにも知らないはずはないだろう。少なくとも、御影がかつて清華に仕えていたことは、妃奈子を引き受けたときには知っていたはずだ。

「御影の人は、昔うちと主従関係にあったのよね。何代にもわたって、身分違いの恋をしてきたと聞いたわ。雪哉さんは、清華の娘に惹かれているだけなのじゃないの？　それなら美玲ちゃんも条件は同じだわ」

ずるい訊き方だなと思うが、ここをはっきりさせない限り妃奈子は前に進めないし雪哉を選べない。

今まで叶うことのない悲恋が繰り返されてきたのなら、その執着が代々御影の血に受け継がれていると感じてしまう。先祖の願いが受け継がれ、無意識に叶えようとする可能性も否定できない。

「困りましたね……あなたがその話を知っていたとは。僕がいくら否定しても、きっとあなたは満足してくれないでしょう。一体どうしたら僕の気持ちを信じてくれるのでしょうか」

——そんなの、私にもわからない。

心が覗けるような力がない限り、誰も他人を一〇〇％信頼することはできないだろう。

「僕が愛しているのは、あなただけです。その言葉が信じられないなら、一晩中愛を囁いて、行動で示しましょうか」

「え、なに……、っ」

膝に座らせていた妃奈子の身体を、雪哉はそのまま抱き上げた。妃奈子は咄嗟に雪哉の首に腕を回す。肩から彼のコートがずり落ちそうになったが、雪哉は気にせず歩みを進めた。

続き間になっている部屋は寝室だ。中央にはキングサイズのベッドが配置されている。

妃奈子を丁寧にベッドに座らせると、雪哉は足元に跪（ひざまず）いて彼女の靴を片足ずつ脱がせた。

「やだ、そんなことしないで」

「いいんです、僕が跪くのはあなただけですから」

シャワーも浴びていない足に触れられるのは抵抗がある。素足で靴を履いていたのだ、きっと汚れているだろう。

「冷えてますね……」

雪哉は妃奈子の素足を温めるように、ゆっくりと掌を滑らせた。こんなときなのに、妃奈子は脚の処理を怠っていなくてよかったなどと考えてしまう。

「先に冷えた身体を温めましょうか。お湯を張って来ましょう」

雪哉の後ろ姿を見て、妃奈子はほっと息を吐いた。胸の鼓動が少しずつ治まってくる。

――びっくりした……いきなり跪かれて。まるでおとぎ話の真似事みたいに……。

妃奈子は未だに雪哉のコートに包まれていたことに気づく。いつまでも借りたままではダメだろう。それにハンガーにかけないと、皺がついてしまうかもしれない。

ベッドに腰かけたまま、雪哉のコートを脱いだ。この広い部屋なら、大きなクローゼットもついているだろう。

歩いてその場まで行こうとするが、脱がされた靴が見当たらない。まさか雪哉が浴室まで持って行ったのだろうか。

――水音がやけに響いているような……。

浴室の扉を閉めずにお湯を張っているのか、水が流れる音がよく聞こえる。

怪訝な顔をしていると、雪哉が再び姿を現した。

「お湯はすぐに溜まりそうです。その間に入浴の準備をしましょうか」

雪哉が妃奈子に近づきながら提案した。どこか引っかかりを覚えつつも、妃奈子は頷き、自分の靴のありかを尋ねた。

「入り口の扉に並べておきましたよ。でも、今のひなちゃんに靴はいりませんよね」

「え？」

「僕が運びますから。さあ、おいで」

おいでと言いながらも、雪哉は妃奈子の返事を待たず、再び抱き上げた。向かう先は水音が響く浴室だ。

雪哉の両腕は塞がっていたが問題はなかった。浴室に扉はなかったのだから。

「え、え？　雪哉さん、待って」

ドレッサーの椅子に座らされ、雪哉が湯を止めるのをただ見つめる。

浴室の窓からは、地上三十階はあるだろう高さからの夜景が綺麗に眺められた。バスタブは大人が四人は余裕で入れそうな広さだ。夜景を見ながらリラックスできる造りになっている。

浴室の照明は明るさが調整できるようだ。ハロゲンランプのような暖かみのある色合いが、リラックス効果を高めてくれる。

「キャンドルにも火をつけましょうか。アロマ付きのものもありますが、どうしますか？」

ラベンダーの香りがするキャンドルを見せられ、妃奈子は戸惑いつつも頷いた。

雪哉はキャンドルをつけて、部屋の照明をさらに落とした。夜景の明るさと、キャンドルの柔らかな光が、絶妙に心地いい空間を作り上げている。

しかし妃奈子の心臓はまったく落ち着いてくれない。雪哉が出て行こうとしないからだ。

「なんでバスルームの扉がないの？　これじゃあ丸見え……」

「必要ないからですね。恋人同士が過ごすのに、無粋(ぶすい)な扉がいりますか？」

扉を無粋扱いしたことに、妃奈子は絶句した。

裸足のまま立ち上がろうとすると、雪哉に制される。

「床は冷たいですから、立つのならバスマットの上にどうぞ」

甲斐甲斐しくバスマットを持ってきて、妃奈子の手を取り立たせた。先ほどから過保護の域を超えている気がしてならない。

「あの、もう自分でできるから、雪哉さんはゆっくりあっちの部屋で待ってて……」

「イヤです」

きっぱりとした拒絶の言葉に、妃奈子は二の句が継げない。口を開いたまま固まっていると、雪哉は妃奈子を抱きしめるように背中に手を回した。

「僕も一緒に入ります。あなたの身体を洗うのも、髪を乾かすのも、全部僕の仕事です。あなたは僕に身を委ねてくれていればいい」

——よくない！

心の中で反抗したのと同時に、ワンピースが床に落ちた。いつの間にか、雪哉が背中のファスナーを下ろしていたらしい。

鮮やかな手つきだ。どれだけ女性を脱がせ慣れているのだろう。

「待って、そんなの無理よ。恥ずかしくて絶対イヤ」

「ライトを落としてますし部屋はそんなに明るくないですよ。それにあなたが言ったんでしょう、御影と清華は昔主従関係にあったと。それなら僕が、清華のお姫様の入浴のお手伝いをするのも当然のこと」

「そんなの、頷けな……」

防寒のために着ていた薄手の七分袖のインナーをめくり上げられそうになり、咄嗟に抵抗する。

「ダメ、ダメ！　これも脱がされたら下着になっちゃう」

「裸にしようとしているのですよ。服を着たままではお風呂に入れないでしょう」

「やっぱり一緒に入るなんて無理……！」

「それならお湯に浸かっているひなちゃんを、僕がずっとここから見つめていることになりますが」

扉がなく閉め出すことができない状況では、雪哉に外で待っていてほしいと伝えて受け入れてもらうしかないが、この様子では聞き入れてくれないだろう。服を着たままの雪哉にじっと見つめられながら入浴するのは倒錯的すぎるのではないか。それならば、一緒に入った方がマシな気がしてきた。

——うう、ううう……！

内心唸ってみたところで、打開策は見つからない。

雪哉は優しいが、こうだと決めたら絶対に引かないのだ。妃奈子はいつもやり込められてしまう。上に立つ者としては頼もしいが、敵に回すと実に厄介だ。頭の回転がよほど速く、口も達者な者でなければ雪哉を説得することなど難しい。

ならばせめて、自分で服を脱いで先に入るから、後ろを向いていてほしいと願い出た。

雪哉は「仕方ありませんね」と言い、妃奈子の願いを聞き入れた。

脱がされたワンピースは、洗面台の空いたスペースに置かれた。

インナーを脱ぎ、ブラもショーツも上に着ていた服の下にさっと隠した。

バスタブに片足を入れると、お湯が熱く感じた。咄嗟に足を出して手で湯の加減を確認するが、そこまで熱くは感じない。どうやら雪哉が言っていた通り、足が冷え切っているらしい。

「ひなちゃん、まだですか」

「ま、待って、今入るところ」

手でぐるぐるとお湯をかき回し、再び足を湯に入れた。数秒つけただけで、皮膚の色が薄紅に色づく。そのままゆっくり腰までつかり、上半身も湯に沈めた。

「……もういいよ」

「ふふ、だるまさんが転んだ、みたいですね」

振り向かれた瞬間、妃奈子はふいっとそっぽを向いた。雪哉がストリップショーをするところなど見たくない。

――恥ずかしい、なんでこんなことになってるんだろう。

無心で窓の外を眺める。高層階から見下ろす夜景は、文句なしに綺麗だ。

視界の端でキャンドルの灯がゆらゆらと揺れていた。ラベンダーの香りが漂ってくる。

目を閉じると耳が衣擦れの音を拾う。心臓がドキドキと高鳴るのは、この状況を非日常に感じるからか、雪哉との関係が変わるのを期待しているからか。

背後から雪哉が近づく気配を感じる。お湯がちゃぷんと跳ね、妃奈子の肩にかかった。

「こんなに広いのだから、そんなに縮こまることはないのですよ」

妃奈子は両脚を抱えるようにして、バスタブの端っこで丸まっている。雪哉は苦笑し、バスタブに浸かった。

「ひなちゃん」と呼ぶ声がいつも以上に甘く聞こえるのは、ここが浴室だからだろうか。水の跳ねる音が大きく聞こえる。全身の神経が研ぎ澄まされ、雪哉の気配を感じ取ろうとしているようだ。

「ひなちゃん、こっちを向いてください」

妃奈子は首を横に振った。振り向いたら、お互い全身丸見えではないか。入浴剤で色をつけていなかったことが悔やまれる。白色の入浴剤入りだったら入ると言えばよかった。

「仕方ないですね」と雪哉が呟いた。振り向かせるのを諦めたのかと思ったが、雪哉の腕が腹部に回ってきて、背後から抱きしめられる。

「きゃ……ッ！」

「暴れたら危ないですから、そのままじっとしててくださいね」

雪哉はバスタブに背を預け、妃奈子を自分の方へ引き寄せると、もう一度背後から抱きしめた。湯の中で素肌に触れられていることが恥ずかしくてたまらない。

——お腹触られてる……背中も、雪哉さんにくっついて……。

心臓の鼓動が激しさを増した。リラックスできる空間のはずなのに、緊張を強いられている。どこまで触って大丈夫なのかわからず、身動きが取れない。

そんな妃奈子の心の内などお見通しなのだろう。雪哉は余裕のある声で、妃奈子の耳元で囁いた。

「そんなに僕の裸が気になりますか？」

「——ッ！」

真っ赤な顔で振り返り、雪哉を睨みつけようとする。が、彼の顔を間近で見た瞬間、その勢いはそがれてしまった。

「どうしました？」

片腕を妃奈子の腹部に回したまま、もう片方の手で髪をかき上げたのだろう。髪がしっとりと濡れている。頬を滴る雫も、濡れた前髪からも、凄絶な色香が放たれていて妃奈子は言葉を失った。

——か、勝てない……。

雪哉にはなにひとつ勝てそうにない。男性なのに、何故こんなにも色っぽく感じるのだろう。

「あなたは本当に可愛いですね……無防備すぎて心配です」

「ひゃ……！」

雪哉に正面から抱きしめられる。自分の胸が彼の肌に押しつぶされる感覚に、一瞬でのぼせそうだ。

「危ないから暴れないで」と、抱きしめられたまま言われ、妃奈子は抵抗することもできない。雪哉の腿の上に座り、彼の肩に両手を置いた。

雪哉の不埒な手が背中を撫でる。背骨をなぞるように動いていたが、やがて妃奈子の臀部の弾力を確かめるようにすっと撫でて柔肌を摑んだ。

「ン……っ、雪哉さ、どこ触って……」

「ひなちゃんの可愛いお尻です。丸くて愛らしい」

「ダメ、そんな揉んじゃ……恥ずかしいし、雪哉さんのエッチ！」

決して強く揉まれているわけではないが、指先が臀部の弾力を確かめるように動いている。当然だが、今までそんなふうに触られたことは一度もない。

不安定な体勢に耐えるように、妃奈子は雪哉に縋る手に力を込めた。彼の首に腕を回し、まるで積極的に抱き着いているかのようだ。けれどこうしていれば自分の顔を見られるこ

とも、彼の裸を見ることもない。

「そう言いながら僕に抱き着いてくるんですから大胆ですね。積極的なひなちゃんも好きですよ」

「ちが……っ」

下腹部に当たる硬いものに気づく。棍棒のような形状のものがなんなのかを悟り、妃奈子は動くこともできなくなった。

——泣きたい……！

雪哉の欲望が臨戦態勢だ。

いつからなのかわからないが、自分の身体で欲情していたのだと思うと、言いようのない羞恥心が込み上げてくる。雪哉が先ほどから遠慮なく妃奈子を口説いてくるのもどうにかしてほしい。

「僕がこんなふうに欲情するのは、あなただけです。ねえ、ひなちゃん。僕に顔を見せてください」

「イヤ……」

「頬を上気させ、羞恥のあまり瞳を潤ませながら可愛く僕を睨む顔が見たいのですが」

「ぜ、絶対にイヤ……！」

「うーん、弱りました。これでは困り顔も泣き顔も見られませんね。このまま抱き上げて出ましょうか」

パシャンと水が跳ねた。雪哉が妃奈子の脇の下に手を入れ、立たせようとする。

膝がバスタブの底を滑り、水の浮力も相まって妃奈子の身体は雪哉から離れそうになる。浴室の照明と、キャンドルの炎が雪哉の身体に陰影をつける。

「見ないで……」

「それは無理です」

即答で断られた。両腕で胸を隠そうとすると、その腕を掴まれる。

「ダメですよ、すべて隠さず僕に見せてください。隠したりしたらもっと恥ずかしいことをさせますよ」

妃奈子の肩がびくっと跳ねた。具体的なことは言わないが、よからぬことを考えているに違いない。

妃奈子がいくら恥ずかしがっても、雪哉が「させる」と言ったら結局妃奈了はそうさせられるのだ。

口調は柔らかくとも命令と同じ。妃奈子はすっと腕を下ろした。

——どこまで見えているの……全部見透かされてるみたい。

無言のまま熱い視線を注がれて、焦げてしまいそうだ。

耐えられなくなり、雪哉に視線を合わせた。視線が交わった瞬間、雪哉が間合いを詰めて妃奈子の唇を奪う。

「ン――……」

「好きです。あなたのことが、とても」

雪哉は唇を離し、何度目かの告白をする。彼の手が妃奈子の頬に触れた。

返答は望んでいないのか、再び柔らかな唇に声を奪われた。

――熱い……。

唇が熱いのか、触れられる手が熱いのか。いや、きっと全部だ。

薄く開いた唇の隙間に舌が差し込まれる。口内を蠢く舌の動きに意識が集中し、頭がのぼせそうだ。

――ダメ、本当にのぼせそう……。

この空間も、夜景もキャンドルも、すべてが非現実的に感じる。全身に酔いが回りそうだ。雪哉から与えられるもので、身も心も焦げてしまう。

「出ましょう」と言われ、雪哉に支えられるようにして妃奈子はバスタブから上がった。

少し大きめのバスローブを着せられて、雪哉に横抱きにされる。

先ほどまではあんなに抵抗していたのに、今は大人しく雪哉の腕の中にいる。

「少しのぼせましたか」

大きめの枕がいくつもあるベッドに寝かされる。雪哉は冷蔵庫からよく冷えたミネラルウォーターを取り出して、妃奈子の隣に腰かけた。ボトルのキャップを回す音が聞こえる。

「酔っちゃった……」

──雪哉さんに。

彼の目に映る自分は、見たことがないほど女の顔をしていた。

──ああ、私……。

触れられる熱が心地いいと感じる。抱きしめられる腕に安心感を覚えた。

まとう香りも、視線の強さも、鼓膜を震わせる声も。彼のすべてが身体の奥にまで浸透し、妃奈子の心を震わせる。

──好き。

もう自分の気持ちに抗えない。肌に触れられることを受け入れている時点で、妃奈子は雪哉に心を許しているのだ。

雪哉がミネラルウォーターを口に含む。嚥下せぬまま身体を傾け、妃奈子の唇に自身の唇を合わせた。

口内で温められた水がゆっくりと流し込まれる。口うつしで水を飲まされるなんて、まるで動物みたいだ。傷ついた番を労わるように、愛情を流し込んでいるかのよう。

「もっと？」

「もっと……」

ねだる声が甘い。自分はこんな声も出せたのかと驚いてしまう。

雪哉は二度、三度と水を口うつしで飲ませてきた。その水がいつも飲むものより甘く感じるのは何故だろう。

身体の熱が徐々に引いていく。しかし顔の火照りはなかなか治まらない。

「ひなちゃん……愛してます。僕の愛を、少しでいいから受け入れてくれますか」

少しというのがどのくらいなのかわからないが、妃奈子は小さく頷いていた。考えるよりも先に心が答えを出している。

雪哉の手が妃奈子の首筋に触れる。バスローブの襟元にそっと手が差し入れられ、男性にしては繊細な指が鎖骨のくぼみをそっと撫でた。

「ん……」

妃奈子の口から艶めいた吐息が漏れる。拒絶の意志がないことを確認し、雪哉は妃奈子のバスローブの腰ひもを解いた。

身体が外気に晒されて心地いい。

雪哉がじっと妃奈子の裸体に視線を注いでいる。男性を悩殺できそうなグラマラスな身体でもないのに、雪哉の目には隠しきれない情欲の焔が灯っていた。

「綺麗です……なんて美しい」

繊細な陶器を扱うように、彼の指がそっと妃奈子の胸に触れる。

吸い付くように触れられ、妃奈子の意識は雪哉の指に集中した。

胸の膨らみ、みぞおち、臍のくぼみ、脇腹のくびれ。

くすぐったさの中に、ぞわぞわとした感覚がせり上がって来る。次第にお腹の奥がじわじわと熱くなってきた。

「嫌だったら抵抗してくださいね」

前置きを言いつつ、雪哉の顔が近づいてくる。胸元にキスを落とし、チリッとした痛みが走った。

「あ……」

肌にきつく吸い付かれた。それが意味することがわからないほど、初心ではない。

――キスマーク……。

俗に独占欲の表れとも言うらしい。

「新雪を穢しているような、背徳的な心地になってきました」

雪哉がリップ音を奏でて顔を離した。赤く色づいた鬱血痕（うっけつ）をうっとりと見つめながら指先でなぞる。雪哉の満足気な表情を見て、妃奈子の心も不思議と満たされた。

彼になら穢されてもいい――。そう声に出しそうになった寸前、忘れかけていた吉澤の台詞が脳裏に蘇った。

――『処女は面倒くさい』って言ってた……。

大切な女性に言う台詞ではないことくらい、恋愛に疎い妃奈子にもわかる。誠実な男性なら、女性を傷つける発言は絶対にしないはずだ。

雪哉は、妃奈子を拒絶したり、疎んだりは決してしない。そう断言できるほど、彼の愛情の深さを知っている。

でも言葉で聞かない限り安心できない。

吉澤の言葉をひとつ思い出しただけで、連鎖的に他のことも思い出してしまう。

彼に押し倒されて手首を拘束されたこと、タイツを脱がされたこと。

意外にもキスはされていないし、服の上から身体を無遠慮にまさぐられもしなかった。

それだけで済んだのは不幸中の幸いだ。

冷静に考えれば、吉澤が本当に妃奈子を襲う意志があったのか疑問に思えるが、それでも妃奈子にとっては十分恐ろしい出来事だった。

「……私に触れるのは、雪哉さんだけがいい」

小さな呟きが零れた。だが雪哉の耳にははっきりと届いたようだ。彼の笑みがうっとりと深まる。

「他の男になんて触れさせません。あなたが求めるのは僕だけでいい」

「私、処女だから面倒くさいと思わない？」

「他の男がひなちゃんに触れていたと思うと、嫉妬で僕の方がどうにかなりそうですよ」

雪哉の瞳が暗く光った気がした。想像だけで嫉妬してしまうようだから、これ以上迂闊なことは言わない方がいい。

それに、彼は初心者の妃奈子を望んでいる。他の男など知る必要はないのだと言い、指を絡ませて手を握ってきた。

「今日は最後までしませんが、少しずつ慣れていきましょうね」

太ももを撫でられ、内側をさすられる。唇は妃奈子のデコルテを滑り、そのまま胸の頂に辿り着いた。舌先で敏感な先端を転がされ、強く吸い付かれる。

「ぁあっ……」

ビリッとした電流のような痺れが背筋を駆けた。胸を吸われる感覚がはじめてで慣れない。

　雪哉の指が太ももを這いあがり、秘められた箇所に辿り着いた。指先がそっと割れ目をなぞる。

「ひゃ……ッ」

　腰が小さく跳ねた。ささやかな刺激すら、妃奈子にははじめての経験だ。

　落ち着かせるように、雪哉が優しく声をかけてくる。

「大丈夫、痛いことはしません。ただ少し、恥ずかしいだけです」

「は、恥ずかしいのも、無理……」

「でももうあなたの裸はしっかり見てますから。これ以上恥ずかしいことはないでしょう？」

　そう言われればそうなのかもしれない。思考力が低下している状態では、見られる以上に恥ずかしいこともあるのだということを忘れている。

「気持ちいいことだけ考えましょう」

　甘く囁かれ、妃奈子は首肯した。これからすることは少し恥ずかしいけど、気持ちがいいことなのだと、雪哉に洗脳されていく。

　吸われていなかった方の胸も同様にきつく吸い付かれる。無防備になった胸は、横から

すくいあげるようにやわやわと揉まれ、形を変えていた。

赤く色づいた胸の蕾を、彼の指がキュッとつまむ。自分ではなにも感じないのに、雪哉に弄られるだけで身体に電流が走り、お腹の奥がキュウと収縮する。

——ムズムズする……下腹が変……。

先ほど一撫でされた割れ目に、再び指が這う。秘められた場所がゆっくりと暴かれていく。割れ目を二度撫でられただけで、くちゅりとした粘着質な水音が響いた。

——ああ……、濡れてる……。

雪哉に与えられる刺激に、身体はしっかりと快楽を拾っていた。

撫でるように触れられるだけなのがもどかしい。

「はぁ……」

妃奈子の口から漏れる吐息が熱っぽい。潤んだ目が、欲情を堪えた雪哉の目とぶつかった。

「……僕に触れられて、気持ち悪くないですか？」

今更な問いかけだ。もしかしたら雪哉なりに、妃奈子の様子を窺いながら慎重に進めているのかもしれない。

妃奈子はこくりと唾液を喉に流し込み、はっきりと「気持ち悪くない」と告げた。

「雪哉さん、触って……」

正気だったら絶対に言えない台詞だ。だが中途半端に快楽を高められた身体は、さらなる刺激を求めている。

肌に触れることを許している。その意味をきっとこの男も理解しているだろうが、妃奈子に決定的な言葉を言わせようとはしなかった。

雪哉は狙った獲物を容赦なく追い詰めるが、逃げ道は作っている。わかりにくく、細い道かもしれないけれど、妃奈子が身を隠せる程度の道はいつも残しているのだ。

それが彼の優しさなのか、甘さなのかはわからない。それに気づいても、妃奈子は指摘するつもりはない。

「好き」の二文字もまだ伝えるつもりはなかったし、プロポーズの答えももう少し保留にするつもりだった。

――自分勝手でひどい女……。

それでも、雪哉のぬくもりを欲している自分がいる。一度知ってしまったら、手放すのが惜しいと思えるほど、彼に与えられるぬくもりは妃奈子にとって欠かせないものに感じるのだ。

「ひなちゃん……」

約二十年経っても変わらない呼び方で、雪哉は宝物のように妃奈子に触れる。胸の頂は熟れた実のように赤くぷっくりし、唾液に塗れて淫靡に雄を誘う。

キュッとその実を指先でつままれ、妃奈子の体内で熱がさらに燻(くすぶ)った。ずくんと子宮が切なさを訴え、蜜壺が愛液を分泌する。

秘められた場所が刺激を求めようと収縮しているのがわかる。先ほどよりも蜜を溢れさせていることだろう。

「こんなに零して、もったいないですね……」

両膝を立たせられ、開脚させられる。

その中央に雪哉の黒い頭が見えた。躊躇いなく、彼は妃奈子の秘所に顔を埋める。

「アア……ンッ」

じゅるっと水を啜る音がする。雪哉は透明な雫を啜り、舌先を蜜口に侵入させる。

「ひゃ、あ……あぁ……」

体内に燻る熱が広がる。肉厚な舌で丹念に舐められ、敏感な花芽を刺激されれば、妃奈子の口から嬌声が漏れた。

蜜を吸われながら花芽を指でグリッと押される。強すぎる快楽に、妃奈子の眦(まなじり)から生理的な涙が伝った。

「あ、ダメ、ダメ……アアァ――ッ！」

快感が高まり、妃奈子を白い世界へと誘う。パンッと意識が弾けるような心地になり、つま先がシーツを蹴った。

「ああ、うまく達せたようですね」

視界も思考もぼんやりしている。身体から力が抜け、四肢もだらりとシーツの海に投げ出していた。

――なに……？

荒い呼吸を繰り返しながら、今のが絶頂というものなのだと理解する。クリトリスは女性が感じやすい場所だと聞いていたが、それを実感したのははじめてだ。

「いい感じに蕩けましたね。これなら二本くらい入りそうかな」

独り言のような呟きを聞いた直後、妃奈子の秘所に雪哉の指が侵入した。

「ん……」

違和感はさほどないが、達したばかりの敏感な身体は指一本の刺激でも強く感じる。

固く閉ざされていた蜜口も、雪哉の指をすんなり呑み込み、奥へ奥へと迎え入れようとしている。

「痛みはなさそうですね……では、もう一本増やします」

確認ではない、宣言だ。わずかな隙間に、雪哉の長い指がもう一本入り込む。きっと中指と人差し指だろう。膣壁が彼の指をぎゅうぎゅうに締めあげているのを感じていた。

「あ……、ダメ、動かさな、で……」

「ちゃんと馴染んできていますよ」

少しだけ違和感はあるが、痛みは大丈夫だ。しかし二本の指に内部をバラバラと動かされると、鎮まっていた熱がぶり返してしまう。

水音が聞こえる。妃奈子の蜜が雪哉の指を穢している。指だけではないかもしれない。自分の体液が雪哉の手首まで垂れているのを想像し、無意識に中がキュッと締まった。

「なにを考えてますか？」

太ももの内側に濡れた唇が触れてくる。

片脚を持ち上げられ、今度は膝にキスを落とされた。反対の手は秘所を弄るのを止めず、くちゅくちゅと水音が奏でられている。

「ん、あ……っ、なにも……」

「僕のことだけを考えて。あなたの心も頭も、僕だけで満たしたい……」

そうなれたら幸せなのだろうか。

ただ一人のことだけを想いながら生きていけたら、幸せになれるのだろうか。

雪哉にかつて恋人がいたのか、妃奈子は知らない。いないはずはないと思っているが、自分のことをずっと想い続けてきた男が、同時に別の女性を愛せるとは思えない。恐らく興味のない相手には、ビジネスライクにしか付き合わないだろう。

「雪哉さんも……私だけ？」

曖昧な問いかけだが、妃奈子の言いたいことは伝わったらしい。

欲望を露わにした艶っぽい目をすっと細め、愛おしげに微笑んだ。

「ええ、愛するのも、心を奪われるのも、あなただけです」

甘美な毒のように、雪哉の言葉が妃奈子の奥深くに浸透していく。

自分を深く愛してくれる人がこんなにも自分を求め、守ることを誓ってくれている。

その気持ちに応えてしまいたい。自分だけを求めてくれる人にすべてを委ねてしまいたい。そうすれば、妃奈子はなにも考えなくて済む。

――ただ彼に甘えて、愛される人生……。

それもいいかもしれない。

頭の片隅でそう思うのに、妃奈子のなにかが待ったをかける。その原因が美玲なのか、まだ雪哉の言葉を完全に信じられずにいるのかはわからない。

甘い嬌声を上げながら、妃奈子は雪哉の指を三本呑み込み、二度目の絶頂を味わった。

雪哉は決して自分本位ではなく、ただひたすら妃奈子を甘く啼かせ、辛い記憶を忘れさせようとしている。嫌なことは忘れていい、辛いことから逃げてもいいのだと、弱った心にひたすら優しく語りかけた。

その言葉に安心するように、瞼がとろとろと下りて来る。疲労と睡魔に抗いきれず、妃奈子は夢の世界へ旅立った。

「おやすみ、ひなちゃん。よい夢を……」

その声は慈愛に満ちている。

だが雪哉の目の奥は、どろりと暗い光を宿していた。

第五章

翌日のクリスマス。雪哉は妃奈子の寝顔をじっくりと堪能し、目覚める気配のない眠り姫に触れるだけのキスをした。

昨夜あれだけ泣いたのだから、妃奈子の顔は浮腫(むく)んでいることだろう。起きたら冷たいタオルで冷やしてあげようと、甲斐甲斐(かいがい)しく準備をする。

とても無防備に、あられもない姿で眠る妃奈子が愛おしい。自分を執拗に狙う男を心から受け入れているわけではないだろうに、それでも錯覚しそうになるほど昨夜の妃奈子の目には雪哉への恋情が溢れていた。

小さな唇が「好き」の二文字をくれる日はまだ来ないだろう。だがそれでも構わない。彼女の心に自分の存在が消えないくらい大きくなれば、今は満足だ。

時間を確認すると、まだ朝の六時だった。平日のため、妃奈子も会社に行かなければならないが、雪哉はすでに妃奈子を休ませる手配をしていた。彼女は一日、この部屋でゆっくり寝ていればいい。自分の部屋に戻ろうとするのを言いくるめて、必要なものはすべて雪哉が揃えると言えば、渋々ながらも頷くだろう。

——このまま二人だけで閉じこもっていられればいいのに。

誰にも邪魔をされず、干渉も受けない世界。煩わしいものを一切排除し、愛する人を愛でながら朽ち果てたい。

健全とは言い難い欲望をわずかな理性で抑え、雪哉はベッドルームからリビングへ移動した。

プライベートのメールを確認する。予想通りの相手から連絡が入っていた。面倒な用事は早めに終わらせた方がいい。約束していた時間で問題ない旨を告げ、雪哉は手早く仕事のメールを確認する。

妃奈子が起きて来るまでに急ぎの案件に目を通し、ベッドルームから微かな物音を聞きつけるとすぐにソファから立ち上がった。

上半身を起こした妃奈子が、ぼんやりと周囲を見回している。妃奈子のダークブラウンの髪がなにも身に着けていない肌の上をさらりと滑った。

いきなり髪型を変えたとき、雪哉は妃奈子が自分を変えようとしているのだと察した。まるで親元から巣立つ雛のように、雪哉のもとから羽ばたこうとしていることも。年長者なら喜ばしいことと受け止め見守るべきだが、雪哉はさらに彼女への執着心が強まるのを感じた。

まっすぐに流れる黒い髪が美しかったのに、わざわざパーマをかけて色を抜いた。黒髪に執着があるわけではないが、もったいないと思ってしまう。美しく艶やかな黒髪は、実に妃奈子に似合っていたのに。

「……雪哉さん？」

妃奈子の意識がはっきりしたようだ。やはり腫れぼったい目が痛々しい。

「おはようございます。今タオルを持ってきますね」

すぐにバスルームに向かい、備え付けのハンドタオルを冷やした。ベッドに腰かけている妃奈子は、バスローブがないか探しているようだったが、それを渡す前に冷やしたタオルを差し出す。

「ありがとう……」

照れ臭そうに笑う妃奈子に、雪哉は微笑みながら頷いた。彼女の優しいお兄さん且つ、彼女を愛する唯一の男であり続けるために、雪哉は注意深く観察する。

「目の腫れが引いたら、シャワーを浴びますか？」

昨日のうちに、妃奈子の身体は濡れたタオルで拭いてある。べたつきはないはずだが、妃奈子はこくんと頷いた。シャワーブースはガラス張りだから、きっと浴びる前に、雪哉にはリビングにいて欲しいと真っ赤な顔で言い出すことまで想像できる。

「あ、会社……！」

タオルを外し、妃奈子が時間を確認した。ベッド脇のナイトテーブルの上にあるデジタル時計は九時を表示している。始業時間は九時だ。今から出社準備をしても明らかに遅刻だろう。

「今日は休むと伝えていますので、ゆっくりしていて大丈夫です」

「え……、待って、どうやって？　誰が誰に伝えたの」

「僕があなたの上司に言うのは問題があると思いましたので、天王寺に任せていますが、うまくやってくれるので心配ありませんよ」

秘書の天王寺は有能な男だ。雪哉と妃奈子の関係も知っている。

責任感の強い妃奈子は遅刻してでも会社に行くと言ったが、今から出社したら逆に怪しまれるし、精神的に安定していない状態では仕事に集中できないのではないかと言うと、しばらく考え込んでいた。

不調のまま会社に行って周囲に気を遣わせるより、今日は休んで明日万全な状態で出社した方がいいと助言すると、ようやく納得したようだった。

——さて、明日はどこに移動させましょうか。

今夜はこのままホテルに泊まればいい。しかし明日はそろそろマンションに帰りたいと言うだろう。一度マンションに寄るのはいいが、そのあとどうするか。可能な限り御影の実家は避けたい。

勘のいい雅貴を騙すことは難しい。雪哉が妃奈子と賭けをしていることには気づいていないようだが、一人暮らしをあっさり認めたことは訝しんでいた。

雅貴は息子の結婚に口を出さないが、雪哉が妃奈子を想い続けていることに気づいている。誰か交際相手を紹介すれば安心するだろうが、雪哉にそのような相手がいないことも把握していそうだ。

「荷物を取りにマンションに帰るときは、僕も一緒に行きます。なにか欲しいものがありましたら今用意します」

「えっと、じゃあ着替えを……」

「いくつか見繕ってきましょう。それまでは昨日の洋服かバスローブを着ていてください」

「ありがとう、あの、雪哉さん。昨日はどうしてあの場所に？」

時間が経ち、冷静に考えることができるようになったらしい。妃奈子が当然の疑問を口にした。

「メールを見ていませんでしたか？　ひなちゃんの好物のビーフシチューを容器に入れて持ってきていたのですよ。料理長がつい作りすぎてしまったそうです。あとあなた宛ての郵便物もありましたので」

料理長が作るビーフシチューは、妃奈子の好物だ。赤ワインと牛肉を半日かけて煮込んでいる。今はホテルの備え付けの冷蔵庫に入っていた。温めて食べれば問題ない。

妃奈子宛ての郵便は、留学時代の友人だろう。イギリスから届いていて、長方形の封筒を開けると、クリスマスカードが入っていた。クリスマスに間に合ってよかった。

「部屋にいなかったらどうするつもりだったの？」

「大人しく帰っていましたよ。マンションの入り口であなたの部屋番号を呼び出したのですが応答がなくて、不在なのだろうと思ったのですが、少々胸騒ぎがしまして。いけないとは思いつつも、他の住人が出てきたのと同時に入ったのです」

妃奈子の部屋のインターホンを鳴らして出なかったら帰ろうと思った。だが、隣の部屋から大きな物音と妃奈子の声が聞こえ、気づいたら踏み込んでいたのだと説明した。明らかに不法侵入だが、吉澤が訴えることはないだろう。騒ぎになって困るのは吉澤の方である。

「そうだったの……あの、ありがとう」

読み終わったカードを封筒に戻し、妃奈子は雪哉に礼を告げた。愚かしいほど素直で純粋で、可愛らしい。雪哉は労わるように妃奈子に微笑んだ。

――本当のことを知ったら、あなたは僕を軽蔑するでしょうね。

妃奈子が雪哉に礼を言うのは間違っている。

すべてを仕組んだのは雪哉なのだから。

必要な衣類を揃え、雪哉は午後から出社した。今日は一日自宅勤務にしたかったが、大事な会議が入っているためそうもいかない。会議の前とその日の夜に、雪哉はスケジュールを無理やり空けて、とある人物のために時間を確保した。

一人目は雪哉の協力者だ。年齢は二十代後半でまだ若い。爽やかな風貌で清潔感があり、女性に好まれそうな男だ。指定した待ち合わせ場所は繁華街にあるネットカフェ。女子会やちょっとした集まりの部屋としても使われる、綺麗で新しいタイプの店だ。密談にちょうどいい個室の空間に、カジュアルな服装の男とスーツ姿の雪哉は、見る人にちぐはぐな印象を与えるだろう。

「お怪我はありませんでしたか」

雪哉が口火を切った。眉間に皺を刻み、難しい顔で黙り込んでいる男に労わりの言葉をかけてやる。

この男は若い頃から格闘技をやっており、難なく受け身をとれることを知っていたが、それでも確認のため問いかけた。

「……俺の身体の心配なんてしてる場合かよ。最悪だよ、あんた」

「そんな最悪な相手との取引に応じたのは、あなたでしょう」

男は奥歯をギリッと噛みしめた。怪我を負っていないなら問題ない。

雪哉は、男の顔が後悔と罪悪感に歪んでいるのを見て不思議に思う。一緒にいた時間はひと月にも満たないのに、相手のことを想い、痛ましい顔をするなんて随分とお優しい。

雪哉は見ず知らずに近い相手に痛む心など持ち合わせていないのだ。

理解し難い他人の感情は考えるだけ無駄だ。雪哉は単刀直入に用件を話す。

「成功報酬として、残りの五十万を振り込みました。前金と合わせて百万、お確かめくださいね」

　一向に目を合わせようとしない男は、妃奈子を襲った恋人役の吉澤拓海だ。雪哉が妃奈子のために用意した、疑似恋愛の相手である。

　もちろん、吉澤拓海というのは偽名だ。男は雪哉の知人に紹介してもらった一般人。

　相手の条件は、口が堅いこと、金に困っていること、容姿が清潔で女性受けすること。吉澤役を演じた男は、入院中の母親がいる。手術費と入院費を稼がなくてはならず、雪哉は男の言い値を払うと言った。

　――本当、お優しい人ですねぇ……。

　もっと報酬を吹っ掛けられても、雪哉は構わなかった。

　しかし吉澤は前金で半分、成功報酬として残り半分の百万を要求しただけだった。母親の治療費はもっと必要だろうに。

　真面目で実直な男を共犯者にするのは、少しばかり良心が痛んだが、これも仕方ないことだ。妃奈子が恋愛をしたいと言ったのだから、彼女の疑似恋愛に付き合えるちょうどいい男を調達する必要があった。

「たった少し時間を共有しただけなのに、彼女に惹かれたのですか？」

　雪哉の静かな問いかけに、吉澤の肩が小さく震えた。どちらとも言えない答えが顔に出ている。

指が白くなるほど強く組んでいた手をほどき、吉澤は深く息を吐いた。

「……惹かれていない」

「ええ、賢明な答えです」

見目がよく情に厚く、頭も回る。もしも普通に出会っていたら、妃奈子の理想の恋人になっていたかもしれない。

雪哉が吉澤に依頼した内容は三つ。
・恋愛に奥手な女性を恋に落とすこと。
・キスを含めた性的な接触はしないこと。ただし服の上から抱きしめるのは黙認する。
・交際を開始してからは、徐々に女性が嫌う男を演じ、男に対してトラウマを作ること。
吉澤は雪哉の命令通りに動いた。偶然を作り、運命という言葉を使って相手に自分を意識させた。女性は運命的な出会いに多かれ少なかれ夢を見ているところがある。

だが妃奈子の内面はしっかりしている。リアリストでもある彼女に、過度な運命を演出することは逆効果だ。

そのため雪哉は、御影の息がかかっている不動産屋を使い、隣り合う二部屋が空いている物件を用意し、一部屋を妃奈子に紹介させた。妃奈子が契約した直後、彼女が引っ越しをする前に、吉澤を隣室に住まわせた。

部屋が隣同士くらいの運命の方が、妃奈子には効果的だ。そして思惑通りに事が進んだ。

吉澤が、良心の呵責に押しつぶされているような声を出す。

「……あんた、狂ってるよ。彼女はあんたにとって大事な女性なんだろう？　その女性の心に傷をつけるような真似を、わざわざ金で依頼するなんて」

「仕方ありません。そうでもしないと、あの子は気づかないのです。自分を一番に想ってくれる相手が誰なのか。あまりに近くにいるせいで気づかないのであれば、望み通り少し距離を置いて、そのあと戻ってくるよう仕向ければいいだけです」

「……っ、大切な女性を傷つけて、自分に縛り付けるなんて。俺には理解できない」

「できなくて結構です。僕のような男が何人もいたら、女性はたまったものではないでしょう」

雪哉は自分の行動が破滅と隣り合わせであることを理解している。妃奈子を手に入れ、傍に置いておくためにこれまでなにをしてきたのか、妃奈子に知られたら、軽蔑されるどころではないだろう。そうなれば、いくら雪哉でも平静ではいられない。

しかし中途半端に気づかれるような真似はしていないし、雪哉は責任を持って妃奈子の一生を幸せなものにすると己に誓っている。彼女の人生に深く関わることを決めた瞬間から、妃奈子を愛し不自由のない生活を送らせるつもりでいるのだ。

「あの猫は、俺が引き取ってもいいか」

「……構いませんよ。では猫も報酬に含めましょうか。あの子は猫を気に入っていましたか？」

「ああ、よく構っていた。可愛いと撫でていた」

「そうですか」

――わざわざ猫を用意した甲斐がありましたね。

女性の心に隙を作るのに、愛らしいペットは有効だ。お試し期間として二週間、ブリーダーから借りていたのだ。吉澤は猫をうまく使って妃奈子との距離を詰めたのだろう。

――御影で別の猫を飼うのもいいかもしれませんね。

妃奈子が御影家に遊びに来る口実にもなる。雪哉自身も、動物は嫌いではない。妃奈子が可愛がる猫なら、自分もきちんと愛情を持って面倒を見られるだろう。

「最後に、部屋の鍵を返していただけますか」

吉澤からマンションの鍵を渡されれば、もうこの男と会うこともない。

妃奈子が部屋にいない今日、吉澤は自分の荷物を運び出している。家具は備え付けなので、引っ越しの手間は少ない。これで、妃奈子が自分の部屋に戻っても、吉澤とすれ違うことはない。

あっさりと別れの挨拶をし、雪哉は先にネットカフェを去った。思いがけず話しこんでしまったが、今後街中ですれ違っても互いに声をかけることはないだろう。

街中を歩きながら、吉澤に「狂ってる」と言われたことを思い出す。

常人には理解し難い行動であることは雪哉も重々承知している。

「ええ、本当に。僕もそう思いますよ」

静かな呟きは、冬の空に吸い込まれていった。

◆◆◆

清華美玲は賭けをする。

今夜、デートに誘った男が自分に脈があるかを確かめる。あれば押し、なければ潔く身を引くつもりだ。ついでに相手が誘いに乗った意図をきちんと確認しておこう。

美玲は今まで本気の恋愛などしてこなかった。何故なら強く惹かれる男がいなかったから。長身の美玲よりも背が高く、容姿が端麗で優秀な遺伝子を持つ雄に巡り合わなかったのだ。

——今までは。

思いがけないところで妃奈子と再会できたのも、目には見えない巡り合わせのようなものを感じる。

美玲は現実主義者で占いや運命という言葉をあまり信じる性質ではないが、不思議と一目で雪哉に強く惹かれた。科学的に証明することが難しい一目惚れというものを、まさか自分が体験するなど思ってもいなかった。

だが、美玲は同時にこう考える。

もしも何代にもわたる悲恋が遺伝子に刻まれ、両家の者が惹かれ合うように作り上げられているとしたら。御影が清華の女に執着するのと同じくらい、清華も御影の男に惹かれずにはいられないのではないか。

——まあ、でもそんなことあるわけないか。

だが、特に恋という分野は謎が多い。他者が放つフェロモンを脳が感じ取り、性的に興奮できれば相手に恋をしていることになるのか。しかし欲情することが、恋に繋がるかといえば必ずしもそれはイコールではない。性欲の刺激は大事だが、よりよい種を得たいと求める本能が強いだけかもしれない。

——つい情緒がないことを考えてしまうから、恋愛ができないのよね。

一度雪哉と寝れば、彼への気持ちが優れた雄に抱く性欲なのか、遺伝子に刻まれた恋なのかがわかるだろうか。

いや、そもそも自分は雪哉に恋をしているのか。真面目に考えると答えが出ない。しかし、こうしてオシャレをして、クリスマスという特別な夜に待ち合わせ場所に来てしまうのだから、雪哉に会えることを期待しているのだ。

ほどなくして、待ち合わせの時間ぴったりに雪哉が現れた。遠目からでもわかるスタイルの良さと、煌びやかなオーラが周囲の視線を集めている。

文句なしにかっこいいと言わざるを得ない。常にうっすらと笑みを浮かべているが、中身も穏やかな紳士かというと、それだけではないと気づいていた。

「お待たせして申し訳ありません」

「いえ、来てくれてうれしいわ。ありがとうございます」

妃奈子のことで話がしたいとの呼び出しに応じたのだから、来ないはずがない。問題はどうやって自分の話題に持って行くかだ。雪哉の心がどこにあるのか、白黒はっきりさせないと自分も妃奈子も不幸だ。

妃奈子には、ほんの少し牽制も込めて、雪哉とクリスマスデートをすると言った。彼女は他の男と付き合い始めたのだから、余裕の気持ちで美玲の話を受け止めていたことだろう。

家族連れや恋人が多く集まる場所で、美玲は雪哉にレストランの予約をしていると告げた。話は食事をしながらしたいと。

少し逡巡した様子だったが、雪哉は「わかりました」と承諾した。そこに意中の女性を相手にしているような甘やかさは見当たらない。

いかにもクリスマスディナーを出すような高級レストランに誘えるほど、美玲も度胸はなかった。明るい空間のイタリアンレストランに案内する。一応コースメニューを頼んだが、飲み会などにも使えるカジュアルなレストランだ。

雪哉は車で来ているため、アルコールは飲まないと言った。美玲は一人、フルートグラスにシャンパンを注いでもらい、雪哉は炭酸水を頼んだ。

「それで、僕に話とは？」

「単刀直入ですね。そんなに私に興味がない？」

「多少はありますよ。ひなちゃんの大事な従姉ですので」

「そう、私が清華の子孫だからではなく？」

「仰っている意味がわかりかねますが」

わかっているのにわからないふりをする。やはりなかなか食えない男だ。

前菜のカルパッチョとスープが運ばれてくる。出された料理に手をつけないのはマナー違反と思っているのか、雪哉も食事を始めた。

綺麗な所作を見ると、やはり上流階級の人間だと思う。

「ならば私も単刀直入に訊くわ。あなたは私に性的な魅力を感じる？」

近くを通りかかった店員が一瞬動きを止めたが、そのまま通り過ぎた。

雪哉ほどではないが、美玲も十分人目を引く美女だ。モデルになれそうだと妃奈子が羨ましがるほどの。だから自分も多少は優良物件だろう。

答え辛い質問にも、雪哉の表情に動揺は窺えない。

彼は変わらぬ微笑みを浮かべたまま答えを返した。

「感じませんね。あなたが、ではなく、僕は、ひなちゃん以外の女性は全員対象外なのです」

「そう。私のこと、そんなふうに振る男はあなたがはじめてだわ」

妃奈子以外はその他大勢だと、無礼な発言をされれば多少は腹が立つものだが、言われたのが雪哉だからだろうか。憤りより残念な気持ちが強い。

「あなたがそんなに妃奈子に執着するのは、本当に妃奈子自身が好きだからなの？　私には、あなたが先祖の遺伝子を色濃く受け継いでいるようにしか思えないわ」

「僕の先祖が身分差に苦しみ、想いを遂げられなかったとして、何故それが僕に関係するのでしょうか。先祖の悲恋など、興味はありません。僕が欲しいのは、ひなちゃん一人であって、誰でもいいわけではないのですよ」

スッと目を細められた。口許は弧を描いているのに、目の奥はまったく笑っていない。むしろ余計な邪魔をするなら、容赦しないと宣戦布告をされている気分だ。

――こりゃ、脈がないどころじゃないわ……。

体温が下がり、背中に汗が流れる。

温和な性格の紳士は、内面にとんでもなく獰猛な獣を飼っているらしい。

「あまり緊張しないでください。僕は誰にでも害を加えるわけではありませんよ」

雪哉が穏やかな仮面をかぶり直す。声だけ聴けばとても優しいフェミニストに感じるだろう。

だが冷徹な一面を垣間見てしまった美玲には、余計不気味に映った。自分をうまくコントロールできて、相手の心の操り方を知っている人間だ。牽制と懐柔という二文字が頭に浮かぶ。

――無理だわ、私には手に負えない……。

雪哉と恋人になりたかったが、きっぱり諦めるしかない。言葉通り、彼は清華の娘に興味があるわけではなく、望むのはたった一人なのだ。

　彼の言っていた、妃奈子にしか欲情しないというのが本当だとしたら。妃奈子には酷な現実かもしれない。彼女が心から雪哉を愛し、彼と共に生きることを望んでいれば幸せになれるだろうが、もしその感情が捻じ曲げられたものだったら。歪な愛の終着点がどこへ向かうのか、考えるだけで背筋がひやりとする。

　――でも、あの子が幸せならそれで……。

　その先を考えるのは、自分ではない。当人同士の問題だと、美玲は軽く頭を振った。

　すっかり食欲は失せてしまった。自分に欠片も興味のない男と食事をしていても時間の無駄である。

　カトラリーをプレートに置き、ナプキンで口の汚れを軽く拭いた。

　まだメインディッシュが来ていないが、これ以上この男と食事を続ける気にならない。

「食事の途中で申し訳ないけど、帰ります。安心して、あの子に余計な口出しはしないから」

　美玲は立ち上がり、ハンドバッグを手に取った。近くにいたウェイターに伝票を持ってきてもらい支払おうとするが、サッと雪哉が取り上げてしまう。

「こちらからお誘いしたのだから、私が払うわ」

「女性に支払ってもらうわけにはいきません。甲斐性のない男だとも思われたくないので」

雪哉はウェイターにカードを渡した。まだメインディッシュが来ていないけれど、急用ができたため申し訳ないとまで一言添えている。

妃奈子に関わることを除けば、この男は美玲の理想を寄せ集めたような男だった。柔らかい雰囲気に気品のある立ち居振る舞い、女性へのエスコートも完璧で、心配りも細やかだ。外見も、社会的な地位も、誰もが羨むものを持っている。

――だからかしら。完璧な人は、きっとなにかが欠けているんだわ。

仄暗い欲望を綺麗な笑顔で隠し、底知れぬ執着心を抱えている。迂闊に踏み込むべきではない領域だ。妃奈子を見つめる目の奥には、その欲望が見え隠れしていることだろう。

「土曜日に、我が家で年末のパーティーを開く予定なんですが、よろしければいらしてください」

きっと妃奈子が喜ぶから自分を誘ったんだなと理解した。そうでなければ、面倒な人間をプライベート空間に誘いたくないだろう。

「ありがとう、妃奈子からも招待を受けたら、考えるわ」

多少なりともプライドは傷つけられた。悔しいので、この場の誰もが見惚れるほど完璧に、美玲は雪哉に微笑んでみせた。

翌朝、妃奈子は出勤前に自宅のマンションへ戻っていた。

雪哉には、年末休みの前の出社日はあと二日しかないのだから、このまま休調不良で休んでいてもいいと言われたが、きっぱり首を振った。

恋人とうまくいかなかったからという理由で仕事を欠勤するのは、社会人として褒められたものではない。一日くらいならまだしも、体調に問題がないのに数日休むのは気が引けた。あまり甘やかされるのは困ると言い、妃奈子は雪哉を伴い荷物を取りに帰宅したのだ。

「ごめん、散らかってるから、ちょっと玄関で待ってて」

パタパタと小ぢんまりとしたリビング兼ベッドルームへ入る。

本当は一人で帰宅したかったのだが、雪哉が頑として譲らなかった。部屋に戻るなら自分も連れて行くようにと、こんこんと説得されて、結局妃奈子が折れたのだ。単純に時間が惜しかったというのもある。

——ええと、社員証の入った通勤バッグと、メイクポーチにお財布と……。

今夜は御影の家に戻るつもりだ。軽い素材の旅行鞄に、スキンケア用品や着替えなど、必要なものを詰めていく。ついでに出勤用の服に着替えた。

——あとは、郵便受けを確認しておこう。宅配便はないと思うけど。

ネット通販で購入したものはないはずだ。だが念のため、宅配ボックスを確認しておこうと思った。

「終わりましたか」

「うん、お待たせ」

雪哉は律儀にずっと玄関で待っていた。彼が旅行鞄をさりげなく引き取り、二人は一緒に部屋を出る。

吉澤の部屋の前を通り過ぎたとき、妃奈子はわずかに眉根を寄せた。彼からなにも連絡は来ていないし、自分から連絡するつもりもないが、きちんと別れるために話し合いをした方がいいのかもしれない。

だが、マンションの一階で、妃奈子は吉澤がもう引っ越したことを悟る。

「え……、ガムテープが貼られてる」

吉澤の部屋番号の郵便受けに、ぴったりとガムテープが貼られていた。

誰かが引っ越たときに、わかりやすくテープで塞ぐことがあるらしいが、まさか一昨日の今日で引っ越しているとは思わなかった。

――私、つくづくなにも知らなかったんだわ。

知り合ってすぐに交際に発展し、これから知ろうとしていたところだった。相手のことをよく知らないうちに交際するリスクを、改めて実感する。

吉澤が実家へ戻ったのだとしても、どこにいるのかわからない。勤めている会社名すら聞かされていなかった。

引っ越していたことには驚いたが、同時に安堵した。これでこのマンションで顔を合わせるかもしれないという恐怖もなくなる。

――好きかもしれないと思っていた人を、こんなふうに感じるなんて。私が感じていた恋心は錯覚だったんだわ……。

やはり恋ではなかったのだと再認識したところで、雪哉の車がマンション前に停まった。

「ひなちゃん、そろそろ行きますよ」

妃奈子の旅行鞄を車にのせた雪哉が戻って来た。妃奈子は急いで郵便受けを確認し、数枚のチラシを手に取って、パタンと蓋を閉じた。

「まだ出勤には時間がありますね。どこかでモーニングでも食べていきましょうか」

時刻は午前七時を過ぎたばかり。確かにまだ余裕がある。

「うん、そうだね。近くにファミレスがあるから、そこの朝ご飯を食べよう」

トーストとスクランブルエッグの他に、ご飯とみそ汁の朝ご飯定食があった。ホテルで洋食を食べ続けていたため、お米が恋しい。

妃奈子の提案を聞き入れ、雪哉は近くのファミレスへ車を走らせた。


仕事は問題なく進み、無事に一日を終えることができた。

妃奈子の顔色があまりよくなかったからか、同僚からは体調を心配され、かえって申し訳なくなった。

「風邪もインフルも流行ってるし、気をつけてね。無理は禁物よ」

梅原にも心配されて申し訳なくなる。

「ありがとうございます。梅原さんも、無理はなさらないでくださいね」

その日は少し残業をしてから、御影邸に戻ることにした。

雪哉は今夜、取引先との会食があるから一緒に帰宅はできないと言われている。妃奈子のために迎えの車を寄越そうとするのを止めて、電車を使い自力で帰った。

――しばらく戻らないつもりで一人暮らしを始めたのに、こんなに早く戻ってくることになるなんて……。

少々自分が情けない。もちろん年末年始の挨拶には来る予定でいたが、一人暮らしを頑張っていると笑顔で告げるつもりだった。今はまだ、これからどうするべきか考えられていない。

「お帰りなさいませ、妃奈子様」
「三嶋さん、ただいま」

少し会っていなかっただけなのに、御影家の使用人たちに会うとホッとする。まるで家族のように接してくれる彼らは、いつも温かく迎えてくれるのだ。

――あんなに一人暮らしを希望して自立するんだと言い張っていたのに、やっぱりこうして戻ってきたら安心するのね。

帰る場所はこの屋敷なのだと、再認識させられた。妃奈子が実家と呼べる場所は、ここしかない。

甘えるのはもうやめようと思っているのに、甘やかしてくれるこの家の人たちが大好きだ。食事もデザートまで残さず綺麗に平らげてしまう。

「パーティーの準備で忙しいのに、戻って来てごめんなさい。私に手伝えることがあれば、

「ここは妃奈子様の家でもあるのですから、遠慮は無用ですよ。パーティーの準備も滞りなく進んでいます。ゆっくりくつろいでいてください」

三嶋の言葉に頷きつつも、少しだけ申し訳なく感じる。

かといって余計なことをして仕事を増やすのは嫌だし……と、妃奈子は結局甘えることしかできないのだ。

——週末のパーティーは、何人くらい招待されているのかしら。

クリスマスが平日だったため、今年は忘年会を兼ねたパーティーを開くことになっている。親しい人間しか招待していないので、堅苦しいことはなにもない。

食事を終えて、妃奈子は自室に戻った。定期的に空気の入れ換えがされていたのだろう、籠もった臭いは感じられない。

お気に入りのソファに座り、クッションを抱きしめながらスマートフォンを取り出すと、美玲からチャットアプリのメッセージが入っていた。週末のパーティーに参加してもいいかという確認だった。

「雪哉さんに誘われたのかな……。二人はどうなったんだろう」

美玲には会いたいし、彼女が雪哉をどう想っているのかはっきり聞きたい。妃奈子はもちろんというスタンプを送り、日付と時間を伝えると、すぐに既読がついた。

　返事が来るのかと思いきや、電話がかかってくる。

「はい、もしもし美玲ちゃん？」

『ひな、元気？　今大丈夫？』

「うん、大丈夫。急なことだから予定あるかなと思ったけど、来てくれるならうれしい。堅苦しくないホームパーティーだから、気軽に来てね」

『ありがとう。それでね、ひなに言っておこうと思ったんだけど、私やっぱり他の男を狙うわ』

「え？　どういうこと？」

『雪哉さん。諦めることにしたのよ。私じゃダメなんですって。彼はただ一人しか見ていないし、彼の心に付け入る隙はないみたい』

　清華の娘なら誰でもいいわけではなかったと証明された。そうはっきり美玲に言われ、妃奈子の心臓がドキッと跳ねた。

『彼の大事なお姫様は、これまでもこれからも、ひな一人ってことなのね』

「美玲ちゃん……」

『あ、慰めなんていらないからね？　私のことを見ていない男なんていらないし、興味も失せたわよ。だから御影家のパーティーで素敵な独身男性を探すわ』

彼女の声には、未練など一切ない。失恋で心を痛めているようにも聞こえない。そのことに妃奈子は安堵していた。

——待って、私が今安心したのは、美玲ちゃんが傷ついていないから？　それとも二人がうまくいかなかったから？

恐らく両方だ。美玲のことは好きだが、雪哉が奪われるのを想像すると胸が苦しくなる。美玲よりもずっと、雪哉を強く想っているのだと張り合いたくなっていたのだろう。

慰めなんていらないと言った美玲は強い女性だ。自分をしっかり持って、欲しいものは欲しいと手を伸ばせる強さがある。

——プロポーズの返事を、私も真剣に考えなきゃ。

心の赴くまま進んでも大丈夫だと、美玲に背中を押された気分になった。

『……ひなはなにか困ったことはない？　大丈夫？』

「うん、私は大丈夫だよ。なにか困ったことがあったら相談させてもらうね」

『……ええ、もちろんよ。なんでも言ってちょうだい！　じゃあまた、パーティーで会いましょう』

面倒見がよく、頼もしい。実の家族とはほとんど縁がないが、姉御肌の従姉とは縁が切れずにこのまま続いてほしい。

　電話を切り、入浴の支度をしようと立ち上がったと同時に、扉がノックされた。会食を終えた雪哉だろうか？　と思いつつ扉を開けると、珍しいことに部屋を訪ねたのは雅貴だった。

「おじさま、お帰りなさい。帰宅されていたことに気づかなくてごめんなさい」

「いいんだよ、ひなちゃんも帰って来ていると聞いてね、顔を見に来たんだ。なにか困ったことはないかい？」

　――勘の鋭い人がここにもいたわ。

　同じ台詞を違う人間からほぼ同時に聞くことになるとは。

　やっぱり頼れる家族はいいなと、妃奈子の心が軽くなる。

「慣れない一人暮らしを心配してくださっているんですね。ありがとうございます」

「それはもちろん、可愛い娘が元気でやっているかは気になるものだよ。少し痩せたかい？　定期的にうちのご飯を持って行かせようか」

「おじさま、それじゃ自立の意味がないです」

　雪哉の過保護なところは、きっと父親譲りだ。

　父親の包容力というものをこうして感じさせてくれて、雅貴には感謝しかない。少しゆっくり話せる時間があるということなので、部屋の中に入ってもらう。

「ひなちゃんは娘同然とはいえ、若いお嬢さんの部屋に入るのはドキドキするね。雪哉に怒られないだろうか」

「もう、なに言ってるんですか、おじさま。あ、なにか飲み物を持ってきましょうか？おつまみもいりますか？」

「いや、長居するつもりはないから構わないよ」

雅貴をソファに座らせる。いつも自分が座っているソファは、雅貴と雪哉が選んでくれたアンティークの女性らしいデザインのものだが、雅貴が座っていると少し違和感を覚える。

クッションの隣に、子供のときに雅貴からもらったテディベアがある。少し年季の入ったそれを彼が持ち上げた。

「おや、見覚えのある顔だ」

「ええ、子供のときにおじさまからいただいたものですもの。私の大事なテディベアです」

一人暮らしのマンションに持って行くのを迷った末に置いてきてしまったが、今度は持って行こう。長年一緒にいてくれたぬいぐるみには愛着がある。

くたびれて首がこてんと横に傾いているテディベアを、雅貴はソファの隣に戻した。小首を傾げている表情は愛嬌がある。

飲み物もないというのは少々間が持たない。雅貴は妃奈子にとても優しいが、御影家を率いる立場の人間なのだ。社会的な地位が高く、貫禄もある。

――BGMになにか音楽でもかけておけばよかったかな……。

奇妙な緊張感を抱きながら会話の糸口を探していると、彼の方から本題を切り出した。

「……実は、雪哉に見合いをさせようと思ってね」

「見合い……？」

「いや、まだ本人にも知らせていない。私が考えていることだ。だがその前に、ひなちゃんの気持ちを聞かせてもらいたい」

「……っ！」

心臓がギュッと絞られた気がした。突然の見合い話に、身体が驚きと拒絶を示したらしい。

一瞬息を止めてしまったが、その動揺に気づかれないようにゆっくりと呼吸する。雪哉の見合い話など、よく考えれば遅い方だ。

――だってもう三十四だもの。

早生まれの雪哉は、三月で三十五になる。妃奈子の誕生日は大晦日だ。三か月ほどだけ年の差が九歳まで縮まるが、大人になっても年の差は大きい。

社会的な地位のある立場で、三十代半ばまで独身を貫いている男性は珍しい。よっぽどの遊び人ならまだしも、雪哉には浮いた話がひとつもなかった。

何故ならずっと、雪哉は妃奈子が大人になるのを待っていたから。嘘のような話だけど真実なのだと、今の妃奈子はそれを信じられる。

「私や雪哉に遠慮して、本音を言い出せずにいたのなら申し訳ない。だが、私は親として子供たちの幸せを願っている。当然、娘の幸せも大事なのだよ」

「おじさま……」

雅貴が眦を下げて微笑んだ。目尻の皺がくっきりと刻まれる。

ここには二人きりしかいないし、雪哉にも秘密にしておく。そう念押しされ、妃奈子はまっすぐ雅貴の目を見つめ返した。

——私、私は……。

「お見合いなんて、させちゃイヤです」

口から飛び出た言葉が、妃奈子の心を軽くする。

——そう、お見合いなんてイヤ。あの人が他の女性に微笑みかけてキスをするなんて

――。

想像するだけで、心が押しつぶされそうだ。

一度本音が出て来ると、次から次へと言葉が溢れ出す。理性で考えるよりも、心が訴えているようだった。

「私はずっと、幼い頃の刷り込みによって雪哉さんが好きだと思っていたけれど、違うの。子供の頃の雪哉さんに対する初恋は、きっと、高校生の頃に一度破れていて、その後は恋がどういう感情なのかわからなくなって。男性とお付き合いをしてみようと思ったり、婚活を始めてみたけれど」

「そうなのかい？」

婚活の話は雅貴にはしていなかった。結婚相談所に行くような本格的なものではないと告げると、彼は少し安堵したようだ。

「でも、やっぱり心の中にずっと雪哉さんがいて、私が頼れるのも甘えられるのも、彼しかいないって気づいたんです。これからも雪哉さんの傍にいたいし、私も彼を支えられる人になりたい」

口に出してはじめて自分の本心に気づいた。

雪哉の傍にいて支えられる人になりたい。彼の妻になる覚悟はまだ持てないけれど、それでも将来を見据えた関係を築きたい。

「私は雪哉さんが好きです」

その言葉に、嘘も偽りもないと思えるほど、妃奈子の心は固まっていた。もう自分の気持ちから目を逸らし、抗って無理に婚活することもしないと。

雅貴の目が切なげに揺らぐ。妃奈子の眼差しを受けて、すっと目を伏せた。

「……そうか。それがひなちゃんの本心か」

「はい」

「恩を感じて、雪哉を好きになったわけではないんだね？」

「違います。私もそんな感情では、お互い不幸にしかならないってわかってます。きちんと私の心で、雪哉さんに……恋をしています」

親代わりの雅貴に、息子さんに恋をしているのと告白するのはとても気恥ずかしい。妃奈子の頬が赤らんでくる。

そんな様子を見て、妃奈子の気持ちに納得したのだろう。雅貴は小さく「そうか」と呟き、優しく微笑んでみせた。

「雪哉を好きになってくれてありがとう」

ソファに座ったまま、雅貴が深々と頭を下げた。妃奈子は慌てて顔を上げて欲しいとお願いする。

「心配しなくても、見合いはさせないよ。安心しなさい。それにもともと、あいつは私がなにを言っても、見合いなんてしないと突っぱねるだろうしね」

柔和な印象に反して、雪哉は頑固だ。こうだと決めたら譲らず、目的を達成する方法を模索する。

「長居してすまないね。そろそろ雪哉が帰って来るだろうから、私もお暇するよ」

立ち上がり、雅貴が退室する。その前に、子供の頃のように頭にポン、と大きな手が置かれた。

「本当に、大きくなったね。ひなちゃんが私の正式な娘になってくれるなら、これほどうれしいことはないよ」

温かくて優しい。子供の頃に頭を撫でてもらった思い出が蘇る。実の父親にされた記憶よりも、雅貴にされた記憶の方が鮮明だ。

いつか彼のことを、お父さんと呼べる日が来たらうれしい。少し照れ臭さを感じつつも、妃奈子ははにかんだ笑顔を見せた。

第六章

『――危ないですよ』

雪哉は幼い少女に声をかけ、小さな手を摑んだ。

振り向いた少女は、黒くてまっすぐな髪を肩下まで伸ばし、可愛らしいお花のついたカチューシャをつけていた。桃色のワンピースに白いカーディガンを羽織っている。黒目がちな大きな目が、不思議そうに彼を見上げていた。

近くに大人はいない。パーティー会場から抜け出し、裏庭まで一人でやって来たようだった。まだ五、六歳の少女を一人にはできず、雪哉は諭すように優しく告げる。

『外はとても危ないから、安全なところにいないと』

少女がじっと見ていた先――、木の根元には、弱った鳥の雛が落ちていた。彼女はその雛を拾い上げようとしていたのだろう。優しい少女の代わりに、雪哉は雛を優しく拾い、枝の上の鳥の巣に戻した。少女はスカートの裾をギュッと握っていたが、巣に戻った様子を見て、緊張が緩んだようだ。だが少々不満そうにも見える。

『……ケガしてなかった？　お家に連れて帰っちゃダメ？』

『怪我はしてませんでしたよ。あと家で飼うのもダメですね。母鳥がかわいそうでしょう？　それに、雛はちゃんと巣に戻したからもう大丈夫ですよ』

『もう大丈夫？　なんで？』

『巣にいれば安全ですから。地面に落ちたままだったら、雛が食べられちゃうので』

『……たべられちゃう？　なにに？』

『そう、たとえば蛇とか。雛は安全な巣から落ちたら、蛇に食べられてしまう』

少女は再びスカートの裾をギュッと摑んだ。

そんな少女の手を、雪哉は優しくほどかせる。

『スカートに皺がついちゃいますよ。せっかくおめかしして可愛いのに。いや、僕が怖がらせたせいですね』

小さな手が、雪哉の手を強く握る。そのままじっと見上げてくる少女を見ていると、何故だか困ったような気分になった。そわそわと落ち着かない。

『ありがとう』と、雛を巣に戻した礼を言われる。子供らしい高い声。だけどどこか大人びた様子の少女は、満面の笑みではなく控えめに笑う。

握られている手が温かい。そう感じるのは自分の手が冷たいからだろうか。

『僕の名前は、雪哉といいます。あなたのお名前はなんですか？』

丁寧な口調で尋ねると、少女はふわりと花が綻ぶように笑った。

『ひなこ』

『……そう、ではひなちゃん。僕と一緒に戻りましょう』

妃奈子は素直に頷き、手を握りしめたまま雪哉についてくる。そのときの気持ちは、今まで雪哉が感じたことのないものだった。

庇護欲か、恐らく父性本能に似た感情。

稚い少女を守らなければと思う気持ちをはじめて味わった。

妃奈子の目に自分はただ優しいお兄さんとして映っている。無垢な瞳を向けられ、微笑まれると、心の奥が温かなもので満たされるのと同時に、この少女の心を穢してはならないという使命感を覚える。

出会ったばかりの少女に抱くような感情ではない。理性ではわかりつつも、本能が少女を欲していた。

この手を放したくない。このまま連れ去り、何の危険もない場所に閉じ込めたいと。

両親のもとに送り届けると、少女の身元が判明した。かつては御影と深い縁で結ばれていた、元華族の一族の娘だった。

関係などとうに途切れていたと思っていたのに、細々と縁が続いていたらしい。まさか世代を超えて再び出会うことになるとは。雪哉は微笑を貼りつけたまま、自分が抱いた感情に奇妙な心地になる。

仲睦まじい家族に見えるが、妃奈子が会場から消えたことにも気づかない両親だ。あまり子供に関心はないのだろう。しばらく観察していると、その夫婦はどこかよそよそしく見えた。

妃奈子の表情に子供らしい無邪気さがないように見えるのは、家庭環境によるものなのかもしれない。

安全で安心できる場所を作れば、少女は無邪気さを取り戻すだろうか。愛情は自分が注げばいい。親の愛情を得ようと期待をして裏切られるよりも、自分の方がよっぽど少女が望むものを与えられる。

そのときはただそう考えただけだった。妃奈子が不幸かどうかなど、調べたわけでもないし、家族の在り方など他人の自分が口を出すべきことでもないと弁えてもいた。

だが、心が少女を渇望する。誰でもいいわけではない、妃奈子だけが特別なのだと。自分でもどうかしていると思った。

――僕が、あの子が安心できる巣を作らなければ。

小さな少女を守り、慈しみたい。少年だった雪哉は、この日、将来の目標をはっきりと抱いた。

慌ただしく日々が過ぎ、年末進行の仕事を終え、ようやく長い休みに入った。

職場の上司と同僚にお世話になった挨拶をし、デスク周りの大掃除を終えた翌日の土曜日が、御影のホームパーティーの日だ。

御影邸の自室にて、妃奈子は姿見の前でドレスアップをした姿を確認していた。

首から胸元にかけてと、七分袖を黒いレースで覆われた膝丈の黒いドレス。

デコルテや両腕は肌が透けているので、全身黒でも重くならない印象だ。

妃奈子が身に着けている服は、この日のために雪哉が選んだ。ドレスのみならず、下着も、ガーターストッキングも、靴もすべて彼にプレゼントされたものだ。

髪の毛はヘアサロンで綺麗に整えられ、複雑な編みこみがされている。コットンパールのついたヘアアクセサリーがアクセントに使われていた。

首元まできっちりレースで覆われているため、重くならないように髪の毛はすべてアップにされている。ネックレスはデザイン的につけられないが、ピアスはつけた方が映えるだろう。

せっかくなので、雪哉にもらったダイヤモンドのピアスを選ぶ。これをつけるときは、自分を呼んで欲しいと言われたことを思い出す。

――ピアスをつけて欲しいって言いに行くべきか……でも、自分からお願いすると私がつけて欲しいと思っているみたい。とはいえ、自分でつけたら後で確実に言われるわね……。

箱から取り出したピアスを見つめながら唸る。彼が何故ああもピアスにこだわっているのかはわからないが、なにかしら彼の琴線（きんせん）に触れることなのだろう。

約束を破ったと知られたら大変なことになりそうだと葛藤していたところで、扉がノックされた。きっと雪哉だ。

「はい、開いてます」

予想通り、雪哉が室内に入って来る。シャツの上にベストを羽織り、ネクタイを締めた姿だ。ジャケットはまだ着ていないが、均整の取れた体軀のスリーピースのスーツ姿はとてもかっこいいことを知っている。

「そろそろ準備できましたか？」と雪哉が尋ねた。彼の視線が、妃奈子の手元にあるピアスの箱に移る。

「僕が来なかったら、ご自分でつけようと思っていましたね」

「え、そんなことないわよ。どうしようか迷っていたときに、雪哉さんがタイミングよく現れてくれて」

「よかったと思っていますか？」

妃奈子は間髪をいれずに頷いた。変な間が空くと、拗ねる原因を作ってしまうかもしれない。ピアスの箱ごと雪哉に渡し、彼につけてもらうことにする。

「お願いしていい？」

「ええ、もちろん」

背の高い雪哉が、ドレッサーの前に座った妃奈子の耳にピアスを通すのは体勢が辛いと思い、その場に立った。

「では、つけますね」

右の耳たぶにそっと触れられる。

穴にピアスの芯が触れる。穴は塞がっておらず、すんなりと通った。

「痛くないですか？」

耳元で話しかけられるのがくすぐったい。

思わず首をすくめそうになるのをグッと堪え、「大丈夫」と返した。

反対側の耳にもピアスをつけられ、耳たぶの裏にきちんと留め具も差し込まれている。

両耳が終わると、なんとなく詰めていた息をようやく吐き出せた。

「ありがとう、雪哉さん」

「ええ、どういたしまして。よくお似合いですよ」

立ったまま、正面から見つめられる。

雪哉に、つけたばかりのピアスに両手でそっと触れられた。手はそのまま妃奈子の頬を包むように移動して、顔が雪哉の手に固定される。

愛おしむように両手で頬を包まれ、上を向かされる。それが何の合図かわからないほど、妃奈子は鈍感ではない。

「……まだ口紅はつけていないのですね」

確認するように囁かれ、そのまま距離が詰められた。

「ん……」

柔らかな感触が唇に触れる。

ついばむような優しいキスは、情熱的でなくても愛情を伝えるには十分だ。ゆっくりと合わさるだけのキスで、互いの体温をほんの少し分け合う。離れてしまうのが名残惜しいほど、心地いいキスだ。

「あまりやりすぎると、止まらなくなってしまうので。ひなちゃんの蕩けた表情は、僕以外の人間に見せたくありませんし」

唇が離れ、両手も頬から離れていく。雪哉に触れられていたところの熱は、もうしばらく残りそうだ。

自分が今どんな表情をしているのか、鏡の中を覗きたい。彼に恋をしている顔になっているだろうか。

――熱が離れてしまって、寂しいと思っている顔をしているはずよ。

まだ離れたくないと思ったのは、恋しいからだ。雪哉が好きだと思っているのに、時折その気持ちに自信がなくなってしまう。

「そういえば、今朝昔の夢を見ましたよ。ひなちゃんと出会った日の」

「確か、私が五歳ぐらいだったたから、もう二十年も前よね」

「そうですね。あの頃からあなたはとても愛らしかった」

雪哉の指がすっと唇を撫でた。先ほどキスをされてほんのりと熱を持った唇に、再び彼の熱が与えられる。

「……口紅は僕が塗ってあげましょう」

今夜使うルージュの候補を確認される。黒いドレスには、赤みが濃い方が映えるので、色のはっきりしている冬色のルージュをいくつか見せた。そのうちのひとつは綾香にもらったものだ。

「どれも綺麗ですが、せっかくなので一番濃い色を使いましょうか。パーティー中に僕がひなちゃんに誘惑されないように」

「どういう意味？」

「我慢ができなくてキスをしたら、色が取れてしまうでしょう？　それに僕の唇にも移ってしまいますからね。自制のためにも、あなたには濃いルージュで自衛していただかないと」

「……っ」

人気のないところでキスすることを想像してしまう。

自分の口紅が乱れるだけなら、飲食をしたのだと思わせることも塗り直すことも可能だが、雪哉の唇から落とすのは難しい。濃い色が移ってしまったらなおさら誤魔化すこともできない。

リップブラシを使い、適量の色を筆にのせる。ゆっくりと唇の輪郭と中央に色がつけられていく。

「少し口を開けて……そう、綺麗です」

――今日の私は、全部雪哉さんに染まっている……。

彼の選んだ下着やドレス、靴を身に着け、ピアスもつけてもらった。化粧は自分でやったが、口紅は雪哉に塗られている。

まるで全身にマーキングされているようだ。誰にも触れさせないし、自分は雪哉のものなのだと周囲を牽制している。

雪哉の独占欲の強さが、甘い毒のように妃奈子の心に入り込む。浸ってしまったらとても居心地がいいのだと知っているから、毒の甘さに身を投げ出したくなりそうだ。

「できましたよ」

雪哉が妃奈子の唇を綺麗に色づけた。はじめてとは思えない器用さで、はみだしもなく、艶を感じさせる。

「ありがとう。すごい、上手なのね」

「ひなちゃんをより綺麗にするためですから。丁寧に重ね塗りをしただけですよ」

黒いドレスに赤みの強いルージュ。チークを入れた頬は血色が良く、きらりと光る耳元のピアスがエレガントさを演出している。

「落ち着いた大人の女性に見える？」

――って、なに言ってるの私。こんな質問、逆に子供っぽいわ。

つい口が滑ってしまった。どうあがいても雪哉との年齢は縮まらないのに、実年齢より落ち着いた大人に見えないだろうかと期待した。

今のは無し、と言おうとしたところで、雪哉がくすりと微笑んだ。

「そうですね、僕を惑わす妖艶なプリンセスに見えますよ」

「な……、プリンセスなんて恥ずかしい言い方やめて」

「僕にとっては、ひなちゃんはいくつになっても可愛いお姫様ですし。もちろん唯一のですよ」

「〜〜っ」

さらりと恥ずかしい言葉を言うのも、冗談ではなく本心だとわかっているだけに性質が悪い。また彼の言う〝お姫様〟も、あながち間違いではない。

――美玲ちゃんが、世が世なら私たちは一国の城主の姫だったなんて言うから、余計冗談には聞こえない。

雪哉がどういう意味で使ったのかはわからないが、深く考えないようにした。

「もう、そろそろ広間に下りないと。行きましょ、雪哉さん」

「待ちなさい、ひなちゃん。そんなに急いだら危ないです。普段より高いヒールを履いているのですから」

くるぶし丈の黒いドレスから覗くのは、シャンパンゴールドのピンヒールだ。履きなれない高さは、確かに気をつけないと少し危ない。

雪哉の腕に手をのせられて、微笑まれる。自分がエスコートするから、そのまま行こうという意味らしい。

——もしやエスコートを買って出る口実のために、わざと高いヒールの靴を選んだんじゃ……。

あながち間違いでもないだろうと思いながら、二人は妃奈子の部屋を退室した。


夕方の六時に始まったパーティーは、深夜零時にお開きになる。この一年、特に御影と関係が深かった人間を厳選したのだが、招待客と連れを合わせると参加者は百名を超えた。この日ばかりは御影家の使用人のみで給仕を賄うことはできないので、外部から人を雇っている。

幸いなことに、妃奈子の会社関係者は、雪哉の秘書である天王寺しか参加していない。妃奈子の顔を知っている会社の人間が他にいたら面倒なので、参加者の名簿は事前に確認させてもらっていた。

夜も十一時を過ぎると、半数以上の人が帰宅する。迎えの車やタクシーを利用する者がほとんどなので、この時点で終電を気にする参加者はいない。

「美玲ちゃん、大分呑んでたけど、大丈夫？　うちに泊まっていく？」

マイペースにワイングラスを開け続ける美玲を気遣って確認するが、彼女はあっさり首を横に振った。

「お誘いはありがたいけど、ちゃんと帰るわ。まだほろ酔い気分だから大丈夫よ」

相当呑んでいたのに、顔にまったく表れていない。美玲はアルコールに強いらしい。

美玲が到着してから、妃奈子はほとんど彼女と共にいた。主催者である雅貴と雪哉は挨拶で忙しいが、妃奈子が挨拶をしなければいけない相手はいない。

時折顔見知り程度の知人と言葉をかわし、その他は気兼ねなく話せる美玲とまったり過ごしていた。

彼女は雪哉と挨拶をしてもけろりとしていた。本人が言っていたように、雪哉に未練は抱いていないようだ。

「……で、今夜だけで何人の男性と連絡先を交換したの？」

「そうね……名刺を受け取ったのは、このくらいかしら」

美玲のクラッチバッグから出てきたのは、将来有望な大手企業の男性の名刺の束だ。軽く十枚は超えているだろう。

社交的な彼女が男性と会話を楽しみだしたとき、妃奈子はさりげなくその場を離れていた。美玲と反対に、妃奈子は独身の男性と交流を深めたいわけではない。

――さすがだわ……。

男性陣の視線を集めていただけある。今夜の美玲は、シックなボルドー色のロングドレスを身に着けていた。胸元の露出は控えめなのに、背中は大胆に開いている。同性の妃奈子が羨ましく思うほどの色気があった。

「気になる男性はいた？」

「名刺の名前と顔が一致している男性ならいるわ」

それはつまり、美玲の関心を引いた男性ということだろう。新たな恋の予感に、妃奈子はほっと息を吐いた。

それから間もなく、零時を回る前に美玲もタクシーに乗って帰宅した。パーティーの締めくくりの挨拶は、雅貴がしばらく前に終えている。

帰りの車を待つ参加者を人に任せた後、妃奈子は自分に近づいてくる気配に気づき背後を振り返った。

「お疲れ様です、雪哉さん」

「ひなちゃん、少し僕と夜の散歩をしませんか」

雪哉は妃奈子のコートを持っている。準備の良さに内心苦笑し、「ちょうど外の空気が吸いたかったの」と答えた。

二人はライトアップされた夜の庭をゆっくり歩く。一定間隔に灯篭があるので、暗さは感じない。

真冬の空気を肌で感じながら、妃奈子はそっと息を吐いた。白い息が温度の低さを物語っている。去年の今頃はまだロンドンにいて、毎日勉強に明け暮れていたことを思うと妃奈子の日常はこの一年で随分変わった。

――また、一緒に住むことになるとは思っていなかった。

雪哉がとっくに結婚していてもおかしくなかった。自分もきっとそれを望んでいた。彼が知らない女性と結婚してしまえば、心の奥に封印した感情が蘇ることも、特別な想いを抱くこともなかっただろう。

けれど、彼は再び妃奈子の前に現れた。あの日、見知らぬ男と会おうとしていた自分の前に現れて、迎えに来たと言ったのだ。戸惑いが大きかったが、うれしくなかったと言えば嘘になる。

――この手を放すことは、もう難しい……。

妃奈子の手は雪哉と繋がれている。自分から振りほどこうとしても難しいほど、しっかりと。

たとえ雪哉が見せる感情が、理解できるものばかりではなくても。妃奈子が不特定多数の男性の目に触れられることすら気に食わないと思っているとしても。その独占欲を含めて、受け入れてしまっている自分がいるのだ。

健全とは言い難い歪んだ愛情も、妃奈子にはどこか居心地よく感じる。綺麗な真水にしか生息できない生き物なら、とっくに致死量の毒に侵されて死んでいることだろう。

――私もきっと、歪んでいる。綺麗な水より、不純物だらけの水を好むなんて。

「ここですね、懐かしい」

雪哉が足を止めた。灯篭をいくつも過ぎた先にある、大きな木の下だ。

暗くて何の木なのかはわからないが、この木に何の用事があるのだろう。

「ここは？」

「覚えていませんか。ここはひなちゃんと最初に出会った場所です」

パーティーの前、雪哉が話していたことを思い出す。彼は懐かしい夢を見たと言っていた。

――あれ、私が雪哉さんと会ったのは確かに木の前だったけど……この屋敷の庭だったの？

二十年近く経ってようやく、子供の頃に連れて行かれたパーティーが、御影邸で行われたものだったと知った。思わず目をぱちくりと見開き、雪哉を凝視する。

「あのパーティーがこの屋敷だったなんて知らなかった。っていうか、どうしてもっと早く教えてくれなかったの？」

「知りませんでしたか？　確か高校生だったひなちゃんを引き取ったとき、久しぶりでしょうと話したことがあったかと」

「……全然覚えていないわ」

意味をはき違えて会話を進めていた可能性も高い。

「あなたはまだ小さかったですし、出会った頃のことを忘れていても仕方ないですよ」

五歳の記憶を鮮明に覚えている方が珍しいだろう。だが、妃奈子は雪哉と出会った思い出はきちんと覚えている。

見たこともない綺麗な顔をしたお兄さんが、弱った鳥の雛を巣に戻してくれたのだ。優しく微笑みかけてくれたことも、手を引いてくれたことも、淡い記憶として残っている。

「テレビの中のアイドルや、幼児向けアニメのヒーローよりかっこいいって思ったのよ。雪哉さんとの出会いは、簡単には忘れられないわ」

「それはうれしいですね」

子供の背丈から見上げた木は、とてつもなく大きく感じた。だが、今は一番低い枝なら妃奈子にも手が届きそうだ。

昔の記憶がフラッシュバックする。雪哉は自分に何と語りかけていたか。

『――危ないですよ』

――そう、危ないって。外の世界は危ないって。安全な巣にいなきゃ……。

「ひなちゃん」

あの頃よりも低く艶やかな声が、妃奈子を呼んだ。意識がハッと現実に引き戻される。

隣に佇む雪哉は、まっすぐに妃奈子を見下ろしていた。

彼の頭上に浮かんでいるのは、綺麗な眉月。弓のように細い三日月が、幻想的に空に浮かんでいる。

空の黒と雪哉の瞳が同じ闇のように深くて、その引力に吸い込まれそうだ。

闇色の双眸を見つめていたせいか、雪哉に話しかけられた妃奈子の反応が一拍遅れた。

「僕のお嫁さんになってくれますか？」

「……っ！」

雪哉が何度目かわからないプロポーズをする。彼の手にはベルベットの小箱がのっていた。その箱は、ダイヤモンドのピアスが入っていたのととてもよく似ている箱だ。

「雪哉さん……」

「本当は、今夜のパーティーの前に渡したかったのですが、動揺させたくないと思って我慢しました。これが薬指に嵌められていたら、あなたに邪な気持ちを抱く男性を牽制できると思っていたんですけどね」

見事なダイヤモンドの指輪が、小箱の中央に鎮座している。

誰が見ても婚約指輪だとわかるものだ。それを妃奈子の指につけて、『売約済み』だと見せつけたかったのを、彼はグッと堪えたらしい。自分の気持ちより、妃奈子の気持ちを優先してくれるところは、素直に感謝したいと思った。

――私は、雪哉さんが好き。

自分が甘えられる男性は彼しかいないから。誰よりも自分をわかってくれるのは、雪哉だけだから。彼以上の男性を見つけることは難しいし、妃奈子はもう他の男性を求めていない。

幼い頃の光景が蘇る。雛は安全な巣にいないと危険だ。巣から落ちたら、雛を狙う蛇に食べられてしまう――。

――雛は外に出たら食べられちゃう。私にとって安全な巣は、彼がもう作ってくれていた……。

雪哉の胸にギュッと抱き着く。指輪を持ったままの彼は、片腕でしか妃奈子を抱きしめ返せない。

「ひなちゃん？」

――私が求めていたものは、ここにしかない。

純粋に愛するだけではなく、時折狂気的な色を瞳の奥に隠している男のことを、妃奈子は愛おしいと思う。だって彼は、妃奈子の心を満たしてくれるのだから――。

「私だけを愛して、他の女性を愛さないって誓える？　一生私を裏切らず、傍にいてくれる？」

わかりきった答えをあえて訊く。きちんと言葉にして誓って欲しいから。

雪哉が妃奈子の薬指に指輪を通し、両腕で抱きしめた。硬いコートの生地が頬に当たる。

「誓います。僕が愛する女性はひなちゃんだけです。あなたを一生裏切らず、ずっと傍にいます」

――うれしい。

どろりとした感情が妃奈子の心の底に沈殿する。

これで彼は自分から離れられない。この誓約は、二人の中では絶対のものだ。法的な効力はなくても、単なる口約束でないことを、お互いがわかっている。

妃奈子はゆっくりと顔を上げ、雪哉を見つめる。誓いのキスを交わすように、彼の首裏を引き寄せて、そっとその唇にキスをした。

「私も誓うわ。雪哉さんの傍にいます」

きっと自分のルージュは、雪哉の唇に移ったことだろう。こまめに塗り直していたので、まだ唇に色が残っている。

普段は穏やかな眼差しに、隠しきれない情欲の焔が見える。妃奈子は雪哉の手を握り、同じ気持ちを目に込めた。

「――っ」

それから屋敷に戻り、雪哉の部屋に連れ込まれたのはあっという間だった。

気づけば妃奈子のドレスは脱がされ、下着姿のままベッドに押し倒されている。雪哉もシャツのボタンを外し、腹筋が見えた。素肌が見えるところを手でそっと触れる。

「あたたかい……」

「身体を冷やしすぎましたね。すみません、本当はお風呂に浸かってゆっくり温まるべきなんでしょうが……、我慢ができません。僕の肌で暖を取ってください」

妃奈子も身体を清める時間すら惜しい。一刻も早く身体で愛を感じたいのだと、本能が訴えかけてくるようだ。

余裕のない雪哉を見るのも珍しい。そんな彼を見られるのが自分だけであることに少しだけ優越感を覚える。

「雪哉さん……私を温めて」

両腕を伸ばし、雪哉を求める。心も身体も彼に捧げたいのだと、行動で示した。

薬指には、雪哉にもらった婚約指輪が嵌められたままだ。ずっしりとした石の重みが、雪哉の愛情の重みにも感じられた。

下着姿の妃奈子を、雪哉がギュッと抱きしめる。

互いの心音が伝わってきそうだ。人肌がとても温かくて気持ちいい。

――こうして抱きしめられると、安心する……。

身体を温めてくれるのは誰でもいいわけではない。冷えた心まで温めようとしてくれるのは、雪哉しかいない。

両親から得られるはずだった親の愛情も、恋情も、すべて御影の屋敷の人たちが与えてくれた。自分は彼らになにが返せるのだろうかと、このタイミングで考えてしまう。

「私、おじさまや屋敷の皆さんにもらってばかりだわ。どうやって返したらいいんだろう」

「僕たちは家族なのだから、返さなくては、なんて考えなくていいのですよ。父も三嶋たちも、皆ひなちゃんが元気で笑っていてくれたらそれでいいんです。それに、これから本物の家族になれるのですから」

雪哉が妃奈子の顔を覗き込んだ。目尻を下げて柔らかく微笑まれると、妃奈子の胸の奥もほわっと温かくなる。

彼に肯定されるだけで、すべてを許された気分だ。自分ができることをひとつずつ丁寧にやっていけばいいと再認識する。

小さな子をあやすように、雪哉が妃奈子の額に口づける。額のキスは親愛の証に感じられた。

「そろそろ温まってきましたか？」

問いかけに頷くと、雪哉が腕の戒めを解いた。ぬくもりが離れてしまうのが名残惜しい。

「僕も我慢の限界なので」

困ったように笑う彼の目の奥には、捕食者の光が宿っていた。安堵に落ち着いていた妃奈子の身体に熱が灯る。これから待ち受ける快楽を期待していた。

――あ……。

背中に手が回り、胸元の締め付けが消えた。ストラップレスのブラジャーは、すぐに胸を解放する。ふるりと胸が揺れ、たちまち胸の谷間も消えてしまった。

「今夜は最後まで、あなたを愛させてください」

肌を見せるのも触れ合うのもはじめてではない。しかし雪哉の雄を胎内に受け入れたことはない。

彼のぬくもりを身体の奥まで感じることができる期待が、未知への恐怖を上回った。妃奈子はじっと待ち続ける雪哉に頷いた。

「うん、たくさん愛して。私を雪哉さんで満たして……ンッ」

唇が塞がれ、呼吸を奪われる。

いつもより性急な口づけが、雪哉の余裕のなさを表していた。

「あ……、ゆき……っ」

肉厚な舌が口内に侵入する。歯列を割られ、上顎もざらりと舐められると、腰のあたりに熱が溜まるのを感じた。

身体が快楽を拾い上げる。粘膜をこすられる感覚が気持ちいい。舌が絡み、唾液が溢れる。こくりと呑み込むと、雪哉が小さく笑ったような気配を感じた。

「ふう、ア……ンンッ」

——キスだけで頭がクラクラしそう……。ぼうっとして考えられない……。

ただ『気持ちいい』を感じていればいい。身体は確実に雪哉を受け入れる準備をし始めている。

深く貪るようなキスを続けながら、雪哉の手が妃奈子の身体を這う。華奢な首をなぞり、鎖骨のくぼみから胸の膨らみ、胸とお腹の境目に臍……と、その手は徐々に下へと下がっていく。

キスをされながら身体に触れられると、どこに神経を集中したらいいのかわからなくなる。生々しく繋がっている口内と同じくらい、雪哉の手が触れる箇所に意識が奪われた。

——ン……ッ！　あ、キュウッてする……。

下腹に手が置かれ、円を描くように撫でられる。その動きと熱が、子宮に刺激を与えているみたいだ。普段は意識しないのに、愛する人に触れられると途端に存在を主張する。

女は子宮で恋をするという言葉をどこかで聞いたことがあったが、きっとこういうことなのだ。本能が愛する人を教えてくれる。こんなふうに疼きを訴え、受け入れたいと思う相手が、好きな人なのは当然なのだ。

「ひなちゃん……、ここをもっと意識して。僕を求めて」

リップ音を奏で、雪哉が口の繋がりを解いた。囁かれた声までも、濡れているように感じる。

意識していることなど、ショーツに触れられればすぐに証明される。妃奈子の秘所は先ほどから蜜を零し、薄い布をしっとりと濡らしていた。

下腹に触れていた手がショーツの中へ侵入する。期待と羞恥がないまぜになり、妃奈子はびくっと腰を揺らした。

「あなたの身体はとても素直でうれしいです」

雪哉の指がそっと秘所を撫でた。

粘着質な水音がわずかに聞こえ、妃奈子は自分の醜態に顔を赤くする。

――恥ずかしい……でも、もっとって求めてしまう……。

ショーツを下ろされ、一糸まとわぬ姿になっても、やめてほしいという気持ちは湧かなかった。

「あまり、見ないで……」

「では、ここも口で可愛がってあげましょう」

膝を立たせられ、開脚させられる。その中央に雪哉が顔を埋めた。

シャワーも浴びていない状態で、秘所を見られた挙句(あげく)に舐められるのには抵抗があるが、雪哉は気にしないようだ。先ほどまでキスをしていた舌が、今度は不浄なところを舐めると思うと、無理だと首を振った。

が、雪哉の手でホールドされている脚は動かせず、ざらりとしたもので蜜口を舐められた。

「あぁ……っ！」

舐めるだけでなく、滴り落ちる愛液を吸われている。じゅるりという啜る音まで聞こえ、妃奈子の耳も犯されそうだ。

「舐めても吸っても溢れてきます……本当に、可愛らしい」

そんなところで喋らないでほしい。吐息ですら、快楽のスパイスになりそうだ。

雪哉を睨みつけたくても、彼の黒い頭しか見えない。つい数時間前まで、パーティーに参加していた女性陣の視線を独り占めしていた男が、自分の蜜を甘露のように啜っている。

その光景がひどく倒錯的に見えてくる。

「中が柔らかく蕩けてきましたね。とてもおいしそうに僕の指を呑み込んでいますよ」

望んでいない実況中継が余計に羞恥心を煽る。妃奈子が恥ずかしがるから、わざとそういうことを言っているのだろう。

雪哉の指を一本呑み込んだだけでは、痛みなどない。二本目が挿入されると、違和感を覚える。知らず眉根を寄せていた。

「奥へと引っ張られてしまいますよ。指を締め付けて放さない。あなたの中はとても貪欲ですね」

本能的に身体が求めているのだ。妃奈子が意識しているわけではない。

指が抜かれると、途端に空洞が空気に触れて肌が粟立つ。

だが、埋められていた質量が消えてしまうことを寂しいと思う暇はなかった。

「ン――！」

雪哉の舌が花芽を弄り、強く吸い付いたからだ。舌先で押されては、軽く歯を当てられる。

「あ、やぁ……、アアァ――ッ」

断続的な嬌声が漏れた。蜜口に舌を差し込まれ、指先で花芽をグリッと刺激されると、内側に籠もった熱がパンッと弾けた。

脳天がビリビリと痺れるほどの快楽が妃奈子を襲う。シーツをかいていたつま先が、ピンッと伸びた。覚えのある感覚から、達したのだとわかる。

「ハア……、ア……」

頭がぼうっとしてなにも考えられない。四肢からも力が抜け、荒い呼吸だけが繰り返される。

身体がしっとりと汗ばんでいた。額に前髪が貼りついていて不快だ。口に出したわけでもないのに、雪哉が妃奈子の前髪を指先でどけた。

「髪の毛を解き忘れてましたね。痛くないですか?」

「……ん、でも、バレッタだけとりたい……」

いつの間にシャツを脱いだのか気づかなかったが、妃奈子の頭に手を伸ばした雪哉は上半身が裸だった。スラックスはまだ身に着けている。

優しく頭を起こし、妃奈子の後頭部に飾られているバレッタを片手でパチンを外してくれた。髪の毛を留めていたわけではなく、飾りとしてつけていただけなので、それだけでは髪は解けない。

丁寧にヘアピンが抜かれていく。髪の毛の一本すら抜かないように慎重に。最後は優しい手つきで髪を手で梳かれ、枕の上に頭を戻した。

「楽になりましたか」

「あ、りがと……」

「それはよかった。これで激しく動けますね」

雪哉がどのくらいの激しさを想定しているのかわからず、妃奈子の表情が固まった。

そんな彼女の頬をすっと撫で、雪哉は再び妃奈子の上に覆いかぶさる。

「まだまだ寝かせてあげられません」

胸元に唇を寄せ、鎖骨のくぼみを舐められた。情欲の熾火（おきび）が再び灯る。

胸の膨らみにきつく吸い付かれる。チリッとした痛みが走り、そこに雪哉の所有印が刻まれた。

「少し火照った肌に赤い痣は綺麗ですね……」

満足気に呟きを落とし、胸の先端を口に含まれた。触られていなくても、紅い実はすっかり存在を主張している。まるで雪哉に食べてもらうのを待っていたかのようだ。

「あ……、ふ、んんぅ……」

口の中で卑猥な実がコロコロと転がされる。反対側の胸は、雪哉の手に翻弄されていた。

敏感な先端を舐められ、強く吸われながら、指先でもギュッとつままれる。背筋に電流が走り、再び愛液が分泌された。

「アァァ……ン――……」

胸の愛撫が止まらない。雪哉にしゃぶられてすっかり熟れてしまった実は、唾液に濡れててらてらと光っている。同じく反対側の胸もいやらしい卑猥な形に変えられてしまった。

「いずれ、胸だけで達するようになれるといいですね」

「ンン……ッ」

同意したわけではないのに、両方の蕾を同時にキュッと刺激されると、まるで同意したかのような声が漏れた。

そんないやらしい身体になってしまったら、雪哉なしでは生きられなくなりそうだ。彼の寵愛が欲しくてたまらない女になるなど考えられないが、想像すると下腹がずくんと疼く。

——雪哉さんも、私がいなければ生きられない身体になればいいのに……。

仄暗い気持ちが湧き上がり、打ち消した。共依存のような関係は健全ではない。

だが、そもそも健全とはなんなのだろう。互いの執着を深め、求めてやまない存在になるのは、幸せな関係とは呼べないのか。

「もう準備は十分ですね」

雪哉が妃奈子の両脚を腕に抱えて、大きく開かせた。

スラックスも下着も脱いだ姿に目を留める。彼の中心には猛々しく起き上がった欲望が、妃奈子に狙いを定めていた。

「あ——」

腰が浮く。両脚を高く持ち上げられ、雪哉の両腕に固定された。結合部分がよく見えるような体位に緊張感が増す。

隆起した楔が妃奈子の蜜口に宛てがわれようとした瞬間、妃奈子は雪哉が何の準備もしていないことに気づいた。

「待って、避妊は……？」

一瞬、動きがぴたりと止まったかのように思えたが、雪哉はくちゅくちゅと自身の先端で妃奈子の蜜口をこすり始めた。性器同士が触れ合い、淫靡な水音が響く。

挿入していなくても、熱い質量でこすれ合う感覚だけでぞくりとした震えが走った。

「避妊は、必要ないでしょう？　もしひなちゃんが僕たちの子供を身籠もったら、新しい家族ができるのですから。ひなちゃんも早く家族が欲しいでしょう？」

「かぞ、く……」

自分の家族というフレーズに心が惹かれる。妃奈子がその言葉に弱いことも、雪哉は把握済みだ。

いつか子供は欲しい。だが自分が母親になる自信はない。もしもその『いつか』がすぐにやってきた場合、そのときにまだ覚悟ができていなかったら。恐らくうれしさより戸惑いの方が強くなるのではないか。子供を産むときまでに、母親になる覚悟はできるのだろうか。

――私がピルを飲んでるって、彼は知らないはず……。私との子供ができたら、雪哉さんはうれしいの？

「赤ちゃん、欲しいの……？」

妃奈子の問いに、雪哉は頷いた。

「ええ、愛しいあなたとの子供は欲しいです。もちろん、ずっと子供ができなくても構いません。そのときは一生二人で仲良く過ごせばいいのですから」

子供は授かりものだということも、雪哉はきちんとわかっている。たとえ妃奈子が子供を望めない身体になったとしても、捨てることは決してないだろうし、妃奈子もそんな心配はしていない。

「はじめて結ばれるときに、邪魔なものはつけたくない。僕にひなちゃんを感じさせてください」

ずるいお願いをされ、妃奈子は微かに頷いた。まだ迷いがあるが、その迷いを断つように、雪哉が腰を進める。狭い隘路を熱い屹立が押し開けていく。

「ひゃぁ……ッ、ま、って……ッ」

「もう待てません」

色香が滲んだ声は掠れている。

雪哉の太い陰茎が小さな蜜口に入り込む様子をまざまざと見せつけられる。自分の処女が結合部分を見せられながら奪われるなんて、思ってもいなかった。

咄嗟に目を逸らすが、雪哉に注意をされる。

「ダメですよ。あなたと僕が結ばれるところを、きちんと見ていてください。ひなちゃんが今、誰に抱かれているのか、その目と身体に焼き付けるんです」

ゆっくりと、だが確実に、雪哉の欲望が自分の胎内に呑み込まれていく。指なんかとは比べ物にならない質量と、慣れない体勢が苦しい。

「はぁ……、ああ、ンゥ……ッ」

「……っ、ちゃんと、息を吐いて……力を抜いてください」

「や……わかんな……っ」

眦から生理的な涙が頬を伝う。焼き付くような熱さと、異物を受け入れる感覚がとても苦しい。

時間をかけて少しずつ挿入するよりも、一息に突き入れた方が妃奈子の負担が軽いし、この体勢が長時間に適していないことを雪哉もわかっていたのだろう。妃奈子の力が緩んだ隙に、雪哉の屹立を一気に根元まで呑み込まされた。

「ン――ッ！」

ぐちゅん、と大きな水音と、肉同士が合わさる音がした。最奥をコツンと刺激され、その刺激の強さに、妃奈子は声にならない悲鳴を上げる。

「ひなちゃん……大丈夫ですか？」

腰を下ろされ、雪哉に正常位で抱きしめられた。素肌同士が触れ合うと、彼の心音が伝わってくる。自分と同じくらい鼓動が速い。彼の額にはうっすら汗が浮かんでいた。その汗を拭いたくて、妃奈子は重だるい腕を持ち上げ彼の額に触れた。

「ん……、なんとか……」

へにゃりと眉を下げて、微笑んでみせた。雪哉の目には、心配の色が濃く表れている。その気持ちを消すように、雪哉の前髪をかき上げて後ろへ流す。髪型が乱れている方が煽情的でセクシーだが、きっちり整えられている方が雪哉らしい。

――繋がってるところが、ジンジンする……。苦しいけど、思ったより痛みがなかった、かも。

きっと丹念にほぐしてくれていたからだ。時間をかけて愛撫をしてくれたおかげで、妃奈子の受け入れ準備は万端に整っていた。

しっとりと汗ばんだ身体をくっつけていると、少しずつ落ち着いてくる。内臓を押し上げる異物感には慣れそうにないが、それでも雪哉と繋がれたことは妃奈子の心を満たしてくれた。

中から伝わって来るものは、すべて雪哉が存在している証。愛しい男性を身体のすべてで感じられ、じわじわと幸福感が募る。

「すみません、そろそろ動いてもいいですか？」

ギュッと抱きしめていた妃奈子の腕をやんわりと外され、雪哉に懇願された。このままでも十分幸せな気分だったが、男性は挿入しただけでは終われない。

生殺し状態にさせていたことに気づき、妃奈子は了承する。

上半身を起こし、妃奈子の両膝を立たせた状態で、雪哉はゆっくりと律動を開始した。

「んぅ、ンン……ぁあっ……」

「痛くないですか？」

「あ……、だいじょ、ぶ……っ」

妃奈子を気遣いながら、雪哉が腰を押し進める。痛みはさほどなく、水音が繋がった場所から聞こえるのが恥ずかしい。

「あ、あぁ……ん……ッ！」

「たくさん、あなたの可愛い声を聞かせて……」

「や……、はずかし……あぁ、ンアアッ」

雪哉に翻弄される。肌をまさぐられ、胸や、一際感じる突起を弄られれば、経験値の少ない妃奈子などひとたまりもない。

「まだ奥より、浅いところの方が感じるようですね。気持ちいいところをたくさん突いてあげます」

先ほどよりも大きく、ぐちゅぐちゅと淫靡な音が響くのがとてつもなく恥ずかしい。だが羞恥心を気にする余裕はすぐに消え、妃奈子の口からは断続的な嬌声が漏れるだけになった。

「……っ、あ、ああ……、ひぁ、あぁ……っ、ンゥ……！」

感じるところを強くこすられ、妃奈子の腰がビクンと跳ねる。

荒い息遣いは一体どちらのものなのか。

互いの熱を共有し、奪い合うような睦み合い。あるのは本能だけだ。雪哉が抽送を繰り返し、抜かれそうになるたびに膣壁が強く収縮する。彼の動きを止め、抜けるのを阻むかのように。

「……ッ、ひなちゃん、ダメですよ……」

雪哉の辛そうな声が響く。彼が我慢をしていることがよくわかった。

そんな表情を見せるのは自分にだけだと思うと、言葉にできない優越感を覚える。自分の中にも、独占欲が存在するのだとはっきり自覚した。

彼が妃奈子の写真を見ながら自室で自慰行為をしていた光景が蘇る。言葉では言い表せられないほど色っぽくって艶めいていた。

きっと心の奥底では、その表情を生身の自分に向けて欲しかった。無機質な映像媒体を使うのではなく、リアルな自分に欲情して欲しいと、どこかで思っていたのかもしれない。

――あのときの表情が、今、私に向けられている……。

そう考えると、ぞくぞくとした震えが全身を巡った。うれしさの伴った、歓喜に似た震えだ。

美しい男性が自分だけを見て、欲をぶつけてくる。妃奈子は自分でも気づかなかった一面に気づき、うっそりと微笑んだ。

「……もう、全部出して？　私の中に……」

甘い毒のような声で、雪哉を誘惑する。彼を見つめたまま、妃奈子は自分の中で芽生えた気持ちがなんなのか、ようやく理解した。

――歪んでいるのは雪哉さんだけじゃない。気づいていたのに、気づかないふりをしていた。

雪哉から感じる狂気に似た愛情の重さは、妃奈子が抱いているものと同じだ。彼は自分を映す鏡なのだと考えると、ストンと腑に落ちるものがあった。

もし雪哉が、自分以外の誰かと交際を始めようとしていたら。雪哉に嫌われない方法で、彼に気づかれないよう、妃奈子は全力で阻止しただろう。

一人暮らしを許したのも、彼は恐らく妃奈子が自分のもとに戻ってくるのを確信していたからだ。そして十中八九、吉澤との偶然と運命は計算によって作られた。都合よく素敵な男性が隣に住んでいて、自分に好意を抱き、そして姿を消すなど、あらかじめ脚本がなければありえない話だ。

――もし仕組まれたことだとしても、いいの。だって、きっと私も、同じことをするもの。もし本当に雪哉が裏で画策していたとしても、妃奈子は彼を咎めない。それほど彼の愛が深くて、自分に執着しているのだという証明にしかならないのだから。

一瞬息を呑んだ直後、雪哉の抽送が激しさを増す。

妃奈子は言葉を紡ぐ余裕もないほど翻弄され、その激しい荒波に呑み込まれないよう必死に耐えた。

「ひな……、すべて受け取って」

「ん……っ！」

雪哉が切なげに呟きを落とす。凄絶な色香をまき散らし、掠れた声が耳朶を震わせた。

最奥を二度、三度とノックし、雪哉の我慢も限界に到達したようだ。一滴も漏らさせま

いというように、雪哉の白濁が妃奈子の子宮に注がれる。

——ああ……これでもう……。

後戻りはできない。妃奈子は雪哉のものになり、雪哉も妃奈子のものになった。

指を絡ませ、二人の手がきつく繋がれる。雪哉の顔が近づき、妃奈子の唇と合わさった。

「あなたは一生、僕のものです」

雪哉の執着愛が滲んだ言葉が、妃奈子の心に吸い込まれる。

妃奈子が安心して笑える場所を作ってくれたのは雪哉だ。

彼のもとから逃げることなど愚かしい。だって鳥の雛は、外に出たら蛇に食べられてしまうのだ。安全な巣を作り、守られている場所から逃げる必要などない。

「私の居場所は、あなただけ……」

雪哉の本質は、恐らく自分ととても似ている。常人には理解できない狂気じみた歪な愛情も、妃奈子には理解できてしまう。同じにはならなくても、似た考えを持てるほどに。

だからこそ居心地がいいのだと、妃奈子は薄れる意識の中で改めてそう感じていた。

第七章

年末恒例の大掃除のため、妃奈子は汚れてもいい動きやすい服に着替えていた。

大掃除といっても、普段から屋敷内の掃除は行き届いているため、掃除をする場所は主に私室と水回りくらいだ。

御影家の使用人たちが気兼ねなく年末年始を休めるよう、当主の雅貴は海外で年を越すことが多いが、今年はのんびりと国内の温泉旅行を選び、今朝方出立した。

これから数日、この屋敷には雪哉と妃奈子しかいない。なにかあればセキュリティ会社の人間がいつでも駆けつけてくれるが、広すぎる屋敷の中で二人きりというのは少々心許ない気がしていた。

――料理は私が作れるけど……。

雪哉の口に合うかどうかは自信がない。妃奈子のレパートリーは、誰でも手軽に作れるような簡単なものばかりだ。一人暮らしを始めてから、料理の腕も上げなくてはと考えていたが、年末の慌ただしさから外食や惣菜が多く、吉澤へ振る舞った手料理も凝ったものではなかった。

——マンションの部屋も大掃除するべきかしら。

妃奈子が一人暮らしをするために借りているマンションは、まだほとんど使ってないので、水回りやキッチンは綺麗だ。空気の入れ換えやトイレ掃除など、毎日の手入れが必要なところを簡単に済ませれば問題ないだろう。

一昨日、御影家のパーティーが行われ、妃奈子は昨日は午前中、ベッドの住人として過ごしていた。遅くまでパーティーに参加していたので、寝坊を咎められることはなく、ついでに雪哉の部屋に泊まったことも、誰にもバレていない。

薬指に嵌められていたダイヤモンドの婚約指輪は、きちんと箱に戻して保管している。傷をつけたら大変な代物だ。雪哉が選んだものが一級品でないはずがない。

値段が気になるところだが、考えたら怖いしわざわざ確認するのもいやらしい。妃奈子ができることは、大切に扱うことだけだ。

「さて、雪哉さんがいない間にこの部屋の掃除を終わらせよう」

　雪哉は午後過ぎまで屋敷を不在にしている。一人でいるのは危ないからと、誰か人を呼ぼうとしたのを妃奈子が止めた。数時間一人で過ごすくらい問題ないし、この屋敷のセキュリティシステムはオートロックのマンションよりも厳重である。

　掃除をするのにBGMを流したいと思い、音楽プレーヤーをセットし、アドレナリンが活性化しそうな音楽を選んだ。音楽とともにテンションを上げ、クローゼットの扉を開く。

　――一人暮らしのとき、必要なだけマンションに持って行ったけど、実はまだ大量に残ってるのよね。

　主に、雪哉から贈られたものだ。

　雅貴からもプレゼントされることはあるが、息子の嫉妬を心得ているのか、妃奈子に気持ち悪がられないためなのか、実用的で便利なグッズを選んでくれる。最近ではマンションの部屋の掃除が楽になるよう、ロボット掃除機をもらった。ロボットが必要な広さではないが、やはりあると便利である。

「ううむ……簡単に捨てられるような洋服じゃないから、扱いに困る」

　いくら数世代前までは名家だったとはいえ、妃奈子の感覚は一般庶民のものだ。働いている今、自分で稼いだお金でやりくりをして、日々の生活費を賄っている。

　壁一面のクローゼットの大半には、雪哉が妃奈子に似合う服、もしくは着てほしいと思っている服がかけられている。ワンピースから一昨日着ていたドレスまで、どのシーンにも対応できる服が収められているのだ。

タグを見ると、自分の給料ではなかなか手が出ないハイブランド品ばかり。主に海外ブランドだ。

「こうして並べてみると、黒髪清楚なお嬢様が似合いそうな系統の服が多いわよね」

雪哉から贈られた洋服をクイーンサイズのベッドに並べてみる。色は白や淡いピンク、黄色など、パステル系が多い。露出は少なめ、ノースリーブのワンピースには、もれなくカーディガンもセットでついているという徹底ぶりだ。

――私に似合うと本気で思って選んでいたのか、あの人の好みなのか……。

白地で、裾に花があしらわれた可愛らしい膝丈Aラインのワンピースを姿見の前で合わせるが、どうもしっくりこない。やはりこれらの大半は、イメージチェンジをする前の妃奈子に似合うものなのだ。

今の自分にも似合うかどうかは、雪哉に判断してもらおう。

ベッドの上の服をクローゼットに戻し、本棚の整理を始める。

「昔の参考書や雑誌はもういらないなぁ」

大きめの紙袋に、不要な雑誌類を入れる。妃奈子が留学前に勉強していた英語の参考書も手に取ったが、少し迷った末にそれは本棚に戻した。語学力は今後も継続して必要になる。

辞書や小説の類（たぐい）はそのまま残しておく。だがそれらの中に一冊、見覚えのない本が混ざっていた。

「あれ？　これなんだっけ」

ハードカバーの洋書だ。黒い革表紙に金色の字でタイトルが刻まれている。

留学中の図書館で見たことがあるような装丁。歴史書のようだが、中を確認したら英語ではなかった。

「ドイツ語かな……おじさまの本かしら」

雅貴は英語とドイツ語に精通している。どうして妃奈子の本棚に紛れてしまったのかはわからないが、本人に渡した方がいいだろう。

「おじさまの書斎に置いておけばいいかな」

雅貴の書斎には壁一面に、大きな本棚が備え付けられている。本好きにはたまらない内装だろう。

学生時代の妃奈子はよく、雅貴の本を読みふけっていた。雅貴はビジネス書や実用書ばかりでなく、幅広いジャンルの本を好んでいる。

「歴史小説とか美術史とか。世界遺産の写真集もおもしろかったな」

他の人間に見られて困るものは保管していないから、好きに出入りしていいと言われていた。そのため妃奈子は何の抵抗もなく、雅貴の書斎に入る。

妃奈子の部屋から数部屋先の、廊下の突き当たりに雅貴の書斎がある。案の定扉は施錠されていない。変わらぬ本の匂いが鼻腔をくすぐり、妃奈子はくすりと微笑んだ。

「なんだか懐かしい。留学から帰ってきた後は全然入ってなかったわ」

書斎として使っているため、日当たりは悪い。だがカーテンを開ければ裏庭の大きな木が見え、緑に癒やされる。晴れた日には木漏れ日を感じることもできた。

空気が籠もっていたので、少し窓を開けて換気をする。冬の空気は乾燥していて冷たいが、その寒さが気持ちいい。

本棚の空いているスペースに先ほどの本を差し込む。自分の目線より高い段から順番に本の背表紙を見ていると、見覚えのない本がいくつもあることに気づいた。

「そういえば雪哉さんも、ここの書斎を使わせてもらってるって言ってたっけ」

経営関係の本が増えている。雪哉は妃奈子より十歳も上で優秀な人だが、組織を束ねる手腕は、当然ながら雅貴にはまだ及ばない。それがわかっているからこそ、雪哉もずっと学び続けているのだろう。

ふと、古びた本に視線が吸い寄せられた。どこかで見たことのあるような装丁のものだ。本棚の一番端の、下の段。目立たないところにそっと収まっている。それは本と呼ぶより、冊子と呼ぶ方が近いような薄さだ。

「……これ、美玲ちゃんの実家で見たのと似てる？」

紙は、御影（ここ）で保管されていた方が劣化が少ないようだ。

これは、御影の先祖が残した日記だろうか。

ドキドキと心臓の鼓動が速まる。無断で読むべきものではない。緋紗子の日記は、妃奈子と血の繋がりのある人が残したものであったが、御影の先祖とは血の繋がりがあるわけではないのだ。

古びた紙を慎重にめくると、その中には一枚のモノクロ写真が挟まっていた。

「これは……」

古い写真はぼやけているが、それでも写っている人物が誰なのかわかった。

着物姿で写っている十五、六歳の少女。女学校時代の緋紗子だ。

黒い髪を背に流して控えめに微笑んでいる姿に、妃奈子の目が引きつけられた。血の繋がりを感じられるほど、妃奈子は緋紗子の顔立ちに似ていた。

美玲のようにはっきりした目鼻立ちをしているわけではなく華やかとは言い難いが、緋紗子には、内面から滲み出るような少女特有の色香があった。

まるで桜のように散ってしまいそうな儚さと、菊のように舞いながら花弁を落とす美しさを併せ持っている。

「大人しそうで、幸も薄そうだわ……」

哀愁が写真からも漂ってくる。

十年前の妃奈子はこんなふうに大人びた微笑は浮かべられなかっただろう。もっとも、鮮明な写真を見たら、二人は似ていないかもしれない。だがぼやけた写真でも、なんとなく雰囲気は伝わって来る。

時代に翻弄され、身分差ゆえの悲恋を味わった曾祖母。もしもその恋が自分の代で実ったら、彼女も喜ぶかもしれないとは、美玲が言っていたのだったか。

「……」

妃奈子はそっと写真を冊子に挟み、元の場所に戻した。換気のために開けていた窓を閉める。

何事もなかったかのように痕跡を消し、雅貴の書斎を後にする。

自室へ向かいながら、胸の奥に燻り始めた複雑な気持ちに気づいていた。

――私が緋紗子さんに似ていなくても、雪哉さんは私を欲しいと思ってくれた？　もし

美玲ちゃんが緋紗子さん寄りの顔立ちだったら、彼女の方を好きになっていた⁉

もう、雪哉の愛を疑うことはないと思っていたのに、こんなに簡単に心が揺らいでしまう。自分の心の弱さに、妃奈子はキュッと口を一文字に引き結んだ。

もしもなんて考えるのは馬鹿げている。非生産的なことを考える暇があるなら、もっと生産性のあることをした方がいい。頭ではそうわかっているのに、妃奈子の中でモヤッとした気持ちが渦を巻いていた。

「子供だった雪哉さんが、もしあの写真を見ていたら……。あの写真の女性に無意識に恋をしていたから、幼い私に情を抱いて、守ろうと思ったと言われても納得がいく」

彼の記憶のどこかに緋紗子の写真がインプットされていた。御影の遺伝子が清華を求めているのではなく、単純に彼の記憶に残っていただけかもしれない。

信じることは難しく、疑うことは容易い。人を愛し、信じ続けることは、人に与えられた最大の試練なのではないかと思う。

音楽が流れ続ける自室に戻り、妃奈子はベッドの上にダイブした。

「……面差しが似ているからって、なんだと言うの。それであの人が私に執着しているのなら、ラッキーって思えばいいじゃない」

選ばれたのは妃奈子だ。

妃奈子の顔立ちが雪哉の好みで、愛してくれているというのならそれでもいい。顔も妃奈子の一部に違いないのだから。

「心の奥まで全部愛して欲しいと思うなんて、私って傲慢だったのかも」

彼の困った性癖も面倒な性格も、受け入れられるのは自分しかいないと思っている。身体を繋げたとき、心も通じ合っていると思えていた。だがひとつ手に入ると、もっともっとと、欲が際限なく増幅する。

人はなんて傲慢なのだ。好きな人の心の中心にあるのは自分だけであって欲しい。相手の心も支配したくなるなんて、少し前の妃奈子には想像もできないことだった。

浴室に水音が響く。

シャワーの水が跳ねる音に紛れて、男女の情交の音が聞こえてくる。

「ン……っ、雪哉さ……」

「キスだけで蕩けた顔をしてますね」

頭上からシャワーを浴びながら、雪哉が背をかがめてキスをする。妃奈子は浴室の壁に背を預けているが、温かな湯のおかげで寒くない。

「あ……、待って、お湯が冷めちゃ……」

「そうしたら追い炊きすればいいですよ」

雪哉は妃奈子の感度を高めるような濃厚なキスを繰り返す。淫らな息遣いがよく響いた。

「ん、んん……ッ、ぁあ」

口を開けるとすかさず雪哉の舌が滑り込む。妃奈子の唾液はすぐに彼のものと混ざり、それを呑み込むと雪哉が満足そうに微笑んだ。

両手は背後の壁に押し付けられ、膝は閉じられないように雪哉の脚が入り込んでいる。キスに翻弄される妃奈子をさらに煽るかのように、雪哉の膝が妃奈子の秘所に押し付けられた。

「ンン――ッ！」

シャワーの音とはまた違う淫靡な水音。秘められた箇所は、シャワーで洗い流せていない。雪哉の膝に意地悪く刺激されると、ぐちゅんという音が響いた。

「こちらも、気持ちよさそうに蕩けてますね」

「あ、ああ……っ、やぁ……」

花芽を刺激されるだけで、さらに蜜を零してしまう。

視線を下げれば、雪哉の雄はすでに臨戦態勢だった。臍につきそうなほど雄々しく反り返っている。

まだ直視できるほど慣れていない。妃奈子はさっと視線を逸らし、体内に燻る快楽をどこかへ逃がそうとした。

「今日は部屋の大掃除をされていたのでしたか。それでは、念入りに身体を洗わないといけないですね」

シャワーを止め、雪哉は液状のボディソープを二、三回手の上にプッシュし、それを両手で泡立てた。身体を洗うスポンジは使うつもりはないらしい。自身の手で、妃奈子の身体を洗おうとする。

「あ……、私、自分で……」

「ダメです。僕の楽しみを奪わないでください」

ぬるぬるした手を首に這わせ、肩に滑らせた。妃奈子の火照った身体は、そんな些細な刺激も敏感に感じ取ってしまう。

腕から手の先まで泡で滑らせると、そのまま腕の内側を洗い、脇の下までぬるぬるにされる。妃奈子は声を漏らすまいと、唇をキュッと閉じた。

「ここはもう、とてもおいしそうですね」

ツン、と尖った胸の先端を、雪哉が指先で弾く。妃奈子の口からくぐもった嬌声が漏れた。

両手ですくいあげるように胸を揉まれ、親指で胸の頂をこねられる。ぷっくりと主張するそこは、赤く熟れた果実のよう。くりくりと押されては指でつままれると、妃奈子の背筋に甘い痺れが走った。

「～～ッ！」

「……ああ、その表情、たまりません。そんなに気持ちいい顔をして、僕を淫らに誘うなんて」

そっと背中に手が差し込まれた。背骨に沿って、肩甲骨の間から腰までを撫でられる。肌が敏感なときに腰を触られると、まるでそこも性感帯だと言わんばかりに妃奈子の腰がぴくぴくと揺れた。

「ひゃあぁ……ンッ」

雪哉の手は妃奈子の身体を洗っているだけに過ぎないのだろう。だが、指先の微妙な強弱が妃奈子の肌をいやらしく刺激する。

「お腹も洗いましょうね」

首、肩、脇、胸、背中から腰と、徐々に雪哉の手が下がる。

臍の周辺をくるくるとマッサージをするように掌で洗われた。ぞくぞくとした震えが背筋を駆け、妃奈子は物欲しげな視線を雪哉に向けた。

股の間を触られたら、もう太ももまで蜜が垂れているのがバレてしまう。触れて欲しくてたまらないのに、はしたないと思われたくない。

——だけど、雪哉さんだって辛いはずよ。

他の男性と比べようがないためわからないが、雪哉の分身はとても立派だと思う。彼の柔和な外見から想像できないほど、太くて長い雄の象徴を持っている。

その先端から滲み出る透明な液体は、きっと彼が我慢している証だ。彼はいつも、妃奈子の官能を高め、気持ちよくさせてからでないと、自分が気持ちよくなろうとしない。

妃奈子を優先してくれる気遣いがうれしい。彼の行動原理は、いつだって妃奈子だ。

緋紗子に対するわずかな嫉妬は拭いきれていない。

だが、だからこそ、彼に与えられるばかりで満足していたら飽きられてしまうかもしれないと思い至った。

——私も、雪哉さんを気持ちよくしたい。

「どうしました？」

雪哉の動きが止まったのを見計らい、妃奈子もボディソープを二回、手の上に出した。

手早く両手で泡立たせ、雪哉の身体に塗りたくった。

戸惑いの混じった声が落ちて来る。

「ひなちゃん？」

「洗いっこしましょ？　私も雪哉さんを洗ってあげる」

触れられたい願望はあるはずだ。雪哉が拒絶しないこともわかっている。

案の定、彼は一瞬見せた動揺を消した。目の奥の情欲の色が濃くなっている。彼は、妃奈子の臀部の丸みを手で撫で始めた。

「……では、お願いしましょうか」

吐き出された声が熱っぽい。

妃奈子は雪哉に身体を洗われながら、目の前の見事な裸体に集中した。

一体いつ鍛えているのかわからない腹筋は、綺麗に割れている。健康のためだと言っていたけれど。

――地位もあって顔も良くて、身体もエッチだなんて、女性に襲ってくださいと言っているようなものだわ。

絶対に人前で脱がないようにと言わなくては。頼まなくても、海やプールなどにさえ行かなければ雪哉が素肌を晒すことはないだろうが。

男性的な首から鎖骨に泡立てたソープを手でつける。マッサージをするように、手の全体を使い、身体を清めていく。

細身に見えるが上腕二頭筋にもしっかり筋肉がついている。妃奈子を抱き上げるくらい、この腕なら軽いだろう。

——視線が熱い……。

雪哉にじっと見つめられているのがわかり、身体の火照りが増した。

胸へと滑る掌から、鍛えられたボディの逞しさが伝わって来る。胸の突起に触れると、その先端は硬度を持った。

「男の人も、乳首は性感帯なの？」

自分がされたのと同じように、雪哉の胸を親指で転がすように弄る。彼の吐息に熱っぽさが混じった。

「……っ、さあ、どうでしょう。僕の身体は、ひなちゃんに触れられると、すべてが性感帯になるようです」

雪哉を見上げて確認する。彼は困ったように眉を寄せていたが、目尻がやや赤く染まっていた。

「そう……じゃあ、たくさん気持ちよくなって」

再びボディソープを手につけて、胸からお腹を掌で円を描くように洗う。ぷにぷにした自分の身体とは違う筋肉質な身体をまさぐるのは、案外楽しい。

頭上から漏れてくる吐息が荒くなっている。雪哉が触れてくる手の温度も高い。

先ほどからずっと欲を我慢している状態だから、きっと辛いのだろう。早く解放したいに違いないのに、雪哉はじっと妃奈子の動きを見守っている。

――ここも、洗った方がいいわよね。

敏感なところを触っても大丈夫だろうか。そっと優しく手で触れると、雪哉の肩がピクリと震えた。

「イヤ？」

ぬるぬるしたソープを擦り付けながら問いかける。

雪哉の目はスッと細められ、「続けてどうぞ」と答えた。

妃奈子の手の中で、雪哉の分身は生き物のように反応する。両手で握りながら上下にこすり、指の側面を使って優しく先端のくぼみも洗った。

どうやって洗うのが正解かはわからない。だが、雪哉が嬌声を耐えている姿を見ると、妃奈子の身体も熱くなる。

――こうして手で強くこすったら、欲が解放されるはず……。

　一度出しておいた方が彼も楽だろう。

「っ、ひなちゃ……、待ちなさい」

　妃奈子の肩を雪哉が掴む。制止されても、手の動きは止めなかった。

「このままじゃ辛いでしょう？　出した方が楽だもの」

　妃奈子の気遣いが雪哉を追い詰め――、彼女の小さな手の中で、彼は吐精した。

「――ッ！」

　どろりとした白濁が、妃奈子の手だけでなく胸元にもかかる。鼻を刺激する生ぐさい臭いは好ましいかと言われれば頷き難いが、愛する人のものだと思うと嫌悪感はない。

「――洗い流しましょう」

　呼吸を整え、雪哉が難しい顔でシャワーヘッドを手に取った。妃奈子の身体についた精の残骸も、身体を覆っていた泡もすべて、温かい湯で流していく。

「じゃあ、私も雪哉さんの身体、洗い流すわ」

「いいえ、僕のことはお構いなく」

　雪哉は自身の身体についた泡を手早く流し、湯を止めた。

　機嫌を損ねてしまっただろうか？　と不安を覚えていたところに、雪哉の指が秘所に入り込んだ。

「ひゃ……っ！」

「……ずっと我慢をしていたのは、あなたもでしょう？」

ぐちゅり、と響く水音が妃奈子の現状を物語っている。

キスをされ、身体を洗われていたときから快感が高められていたのに、雪哉の屹立を弄っていたらさらに興奮が増していた。

気づかれないようにしていたのだが、お見通しだったらしい。

雪哉の指によってようやく中の空洞が埋められる。男性的な指で押し広げられるが、妃奈子の子宮はその先を待ち望んでいた。

「洗っても洗っても、とめどなく蜜が溢れてきますね……。ほら、僕の指もドロドロです」

雪哉の指先に、とろりとした透明な液体がまとわりついている。彼はそれを妃奈子に見せつけるようにして、口に含んだ。

「……っ！」

妃奈子の顔が耳まで一気に真っ赤になった。

仕草がとてつもなくいやらしい。つい先ほどまで妃奈子が主導権を握っていたのに、もう攻守交替している。

精を出して萎えたはずなのに、彼の楔はすでに復活していた。そんなに瞬時に回復できるものなのかわからないが、自分の身体で興奮している証拠だと思うとうれしい。

身体を反転させられ、雪哉に背を向けた。腰を摑まれ、股の間に太い楔が差し込まれる。

「もう十分蕩けてますね……このままでも入ってしまいそうです」

「ン……、ンン……ッ！」

熱い屹立が妃奈子の割れ目をこすり、敏感な花芽を刺激する。

十分に潤っているため滑りがいい。彼の言うようにこのまますぐにでも挿入できそうだ。

「あ、やぁ……、はずかし……」

雪哉にはまだ一度しか最後まで抱かれていない。二度目が浴室で、後ろから立ったままというのは、妃奈子の羞恥心を煽った。

「でも、ひなちゃんは恥ずかしいの、好きでしょう？」

「そんなこ……っ、……ン、アァ……ッ！」

くぷん、と太い屹立の先端が妃奈子の小さな蜜口に引っかかり、中に呑み込まれていく。

二度目となると痛みはないが、まだ異物感は慣れない。一息に最奥まで貫かれると、衝撃で首がのけ反った。

「――ンンッ！」

深く呑み込まれているのが自分でもわかる。正常位のときとはまた感じ方が違っている。一際大きな快楽の波が押し寄せてくるようだった。

「うまく呑み込みましたね」

「ぁ、ああ……っ、んああ……ッ」

浅く深く、抽送が繰り返される。律動とともに肉を打つ音が浴室に響いた。

身体はすでにのぼせそうだ。湯に浸かったわけでもないのに、もうすでに雪哉に翻弄され、さんざん温められている。

「ほら、横を向いて。あそこの鏡に、僕たちが映っていますよ」

雪哉の指示通りに顔を横に向けると、曇り止めが施された鏡に、くっきりと二人が繋がっている様子が映っていた。

「――ッ！」

「……ふふ、ひなちゃんは、見られると興奮するんでしょうか。それとも、恥ずかしくて中を締め付けてしまうのかな。ああ、顔を背けてはだめですよ」

顔を元に戻そうとすると、雪哉に注意される。

きちんと愛の営みを目に焼き付けるように命じられ、妃奈子は彼の困った性癖に従うしかない。

「も……変態っ……アンッ!」

「褒め言葉ですね」

さらに激しく中を攻め立てられ、妃奈子は断続的な嬌声を漏らし続けた。

目の前がチカチカする。鏡に映る自分の顔は、見たこともない女の顔で、背後から自分を貫く雪哉の恍惚とした表情が、妃奈子の目に焼き付いた。

——ああ、でも、こんな顔を見られるのは、私だけ。

変態と罵るが、嫌なわけではないのだ。

絶頂の階を駆けあがり、同時に達する瞬間も、妃奈子はじっと鏡の中の自分たちを見つめていた。

「アァア……」

「ハァ……ッ」

荒い呼吸を繰り返し、背後からギュッと抱きしめられる。繋がりはしばらく解かれず、そのまま雪哉の熱を胎内で感じ続けていた。

「雪哉さん……」

シャワーで再び妃奈子の身体が清められる。中に吐き出された精も洗い流すように、秘所にもシャワーの水を当てられた。

すっかりぬるま湯になったバスタブに浸かる。妃奈子は浮力を利用して膝立ちし、正面から雪哉に微笑みかけた。

「……もし私がこの顔じゃなかったとしても、私のことが好き？」

突然、なぞかけのような質問をしてみる。

雪哉は小首を傾げるが、妃奈子と同じ質問を返してきた。

「それではもし、僕の顔が別人だったとしても、ひなちゃんは僕を受け入れてくれますか」

妃奈子は考える。

不幸な事故などで顔の造形が変わってしまっても、その人であることには変わりない。だがまったく別人としてはじめから会っていたら、好きになるかどうかなどわからないものだ。

妃奈子は自分の中で納得がいく答えが見つかった気がした。

――やめよう。ご先祖様の写真や、清華の血がどうとか考えるのは。そんなの無意味だわ。

雪哉は今、目の前の妃奈子を見つめている。その事実だけで十分なのだ。

妃奈子はギュッと雪哉の首に抱き着いた。

「どんな顔でも雪哉さんなら好き……って言いたいところだけど、もしもの話はわからないわ。だって私は今の雪哉さんが好きだもの。このまま年齢を重ねて、おじさまのように素敵な男性になって、私も一緒に年を重ねるのが楽しみだわ」

本音を言うと、雪哉がクスリと笑う。

「ええ、確かに僕も、目の前のひなちゃんが好きです。容姿も中身も、すべて食べてしまいたくなるほど、愛おしい」

「……食べないでね？」

「おや、もう食べられているじゃないですか。手遅れですね」

見つめ合ったまま抱き寄せられて、口づけをする。

食べられるのもいいけれど、いつか自分が彼を食べてやろうと、妃奈子は密かに心に決めたのだった。

◆
◆
◆

年が明けて三日目に雅貴が戻って来た。

久々の家族の団らんだが、雅貴が雪哉を見る目は少し厳しい。

「念のために訊くが、お前がひなちゃんを強引に頷かせたわけではないのだな？」

妃奈子の手には、雪哉から贈られたエンゲージリングが嵌められている。婚約したことと、結婚の意志をはじめて二人で雅貴に告げたのだ。

「そうですね、強引にと言われると、多少の強引さはあったかもしれません」

しれっと正直に告げると、雅貴の眉がピクリと動く。

雅貴は妃奈子には甘いが、実の息子には厳しい。妃奈子は横から口を挟むように、雅貴に告げる。

「おじさま、大丈夫です。私が望んだことなの。私が雪哉さんと一緒に人生を歩みたいって思ったんです。脅されたとか、今までの恩を感じてとか、そういうのではないから安心して」

「……ひなちゃんがそう言うなら、私は親として祝福しよう」

妃奈子の言葉に嘘がないと見抜いたのだろう。ふっと相好を崩し、目尻の皺を深めた。

「二人が正式な夫婦になるのは、私としてもうれしいことだ」

おめでとう、と雅貴の口から言われると、うれしさが込み上げる。やはり長年親代わりになってくれた人に受け入れられると安心する。

「ありがとう、おじさま」

「これからは義理とはいえ父と呼ばれるのだと思うと、なんだか感慨深いねぇ」

笑いながら、雅貴は妃奈子に尋ねた。

「それで、ひなちゃんのご両親にはこれから伝えるのかい？」

年に一、二度しか連絡を取っていないが、妃奈子の両親は健在だ。母親はすでに再婚していて疎遠だが、父親には伝えなくてはならない。

「これから新年の挨拶をしようと思うんです。私、こちらでお世話になってから一度も自分から電話をしたことがないけれど、おじさまに伝えた後で父にも電話をしてみようかと」

電話番号は知っている。だが連絡はいつも簡素なメールのやり取りのみ。

事務的な連絡と、たまに近況報告を受けるくらいだ。海外支社に転勤してからそろそろ十年が経過しようとしているが、ずっとあちらにいる。もしかしたらそのまま永住するつもりなのかもしれない。

――実の親に連絡する方が気が滅入るなんて、私、親不孝者なのかしら……。

家族の在り方など学んでこなかった。子供の頃は楽しかったはずだが、その思い出もおぼろげだ。温かい家族を与えてくれたのは御影家の人々だ。人に甘えることを教えてくれたのは雪哉だった。

妃奈子の手がキュッと握られる。隣に座る雪哉が、優しく妃奈子を見つめていた。

その表情に勇気づけられる。

「僕もひなちゃんのお父さんにお願いしないといけませんね。娘さんを僕にくださいって」

「そうだぞ、私に言うよりもそちらが先ではないか。思い出すなぁ。母さんのとき、私はとても緊張していてね」

雅貴の思い出話を聞きながら、くすくすと笑い合う。

御影の人たちとなら、妃奈子も温かい家庭を築けると思えた。

その日のうちに、妃奈子は父親にメールを送った。話したいことがあるから都合のいい時間を教えてほしいと。すぐに返信が届き、今なら構わないと言われる。

日本は夜の八時半だが、妃奈子の父親のいるニュージャージーだと朝の六時半。出勤前に少し時間があるらしい。

「どうしましたか？」

雪哉は、スマートフォンを見つめたまま悩む妃奈子に声をかけた。

妃奈子はソファに座ったまま、身体が温まるジンジャーティーが入ったマグカップを受け取る。中にはシナモンスティックも入っていた。就寝前なのでカフェインフリーの飲み物を雪哉がわざわざ淹れてくれたらしい。ありがたく受け取り、自分の隣に腰を掛ける雪哉に答える。

「うん……、お父さんに電話がしたいから、都合のいい時間を訊いたの。そしたら今だったらいいって」

「それは、タイミングがよかったですね」

妃奈子の緊張に気づいているのだろう。雪哉が妃奈子の肩を抱き寄せ、電話を促す。

自分からは一度もかけたことのなかった電話番号をずっと見つめていたが、妃奈子はようやく決心した。

──緊張する……けど、一人じゃないから、大丈夫。

父親との接し方はわからないが、たとえばこれが仕事だと思えば事務的に話が進められるはずだ。

しっとりと手に汗をかいている。数秒後、電話の回線が繋がった。

『もしもし』

「……もしもし、お父さん？」

最後に声を聞いたのは、いつだっただろう。寝起きだからかもしれないが、記憶の中より少し声が老けた気がする、と妃奈子は冷静に考えていた。

妃奈子の父は、あまり喋らない。だがそれでも、娘がはじめて電話をかけてきたことに、驚きと戸惑いを滲ませていた。

『元気だったか。いきなり電話がしたいだなんて、驚いた』

「うん、お父さんも元気そうでよかった。急にごめんね、実は伝えたいことがあって……」

父から結婚の許しを得たいわけではないが、報告するときはどう言えばいいのだろうか。

──あまり深く考えていなかったわ……。

近々結婚することになった、とあっさり言えばいいだろうか。恐らく父親は、そうかとしか言わない気がするが。

ちらりと隣に座る雪哉を見る。彼は妃奈子の手から、スマートフォンを抜き取った。

「ご無沙汰しております、雪哉です」

「え」

代わってもらうつもりではなかったが、妃奈子のSOSを嗅ぎ取ったらしい。雪哉は妃奈子の父親に定番のアレをするつもりなのだろうか。

──って、まさか本当に？

雪哉は、いつも通りの穏やかな声で、取引先と話すように会話を進めている。

「本来なら直接お伺いすべきところを、電話で失礼します。実は先日、僕は妃奈子さんにプロポーズをしました。そのことの報告と、娘さんとの結婚のお許しをいただきたくお電話をいたしました」

「……っ！」

当事者同士が望み、親の同意が必要な年齢でもないのに、実の親からの反応がどういうものであるか、気になるし緊張する。

妃奈子はギュッと、雪哉に横から抱き着いた。彼のぬくもりと匂いは、妃奈子をリラックスさせる。

「はい、……はい、ありがとうございます」

スピーカーにすればよかったなと思いながら、雪哉の会話が終わるのを待った。すぐに雪哉が妃奈子へスマートフォンを返す。

「はい、妃奈子です」

『……雪哉君と結婚するのか』

父親の声には、反対の色は感じられなかった。ただ突然のことで、やはり戸惑いが強そうだ。

妃奈子は背筋を伸ばし、はっきりと答える。

「うん、私は雪哉さんのお嫁さんになります」

長い沈黙の後、父は『そうか』と言った。反対されることはないと思っていたが、やはり自分への関心は薄いんだと思えてしまう。

——別に、もう父にはなにも望むまいと思っていたけれど。

少しだけ落胆した気持ちに浸っていると、父親の言葉はまだ続いた。

『自分で選んだ伴侶と、幸せになりなさい』

父親らしいことはなにもできなかったが、なにかして欲しいことがあれば遠慮なく連絡するようにと言われ、妃奈子は一言「ありがとう」と答えた。

不器用な人だな、と思う。愛情がなかったわけではなく、きっと示し方がわからなかったのだ。妻に浮気をされて離婚することとなり、一人残った男親だけでは年頃の娘の育て方がわからなかったのだろう。

そんなタイミングで海外への転勤を言い渡され、慣れない土地に行かなければいけないときに御影から妃奈子を預かると言われれば、その申し出に甘えてしまうのも仕方ない。

本当に無関心だったら、養育費と生活費を振り込むだけで、メールや電話などしてこない。

そのやり取りも年に数えるほどしかないのだが、まったく音沙汰のない母親よりはよっぽどまともだ。

電話を切ると、妃奈子はどっと疲労感に襲われた。ローテーブルに置いてあるマグカップを取り、少し冷めたジンジャーティーを喉に流し込む。

「お疲れ様です。よく頑張りましたね」

実の親と話しただけで甘やかしてくる雪哉に、妃奈子は少し笑ってしまう。

「ありがとう。ねえ、お父さんは雪哉さんになんて言ってたの？」

「いつかこうなる気がしていたと、二人で幸せになってほしい、と」

父親は鈍い人だったが、幼い妃奈子が年上のお兄さんに懐いていたのを覚えていたのだろう。こんなに素敵な男性が近くにいたら、恋をしない方が難しい。

――少し照れるかも。

気恥ずかしさが込み上げてくるが、同時に胸の奥がくすぐったい。

「結婚式には、ひなちゃんのお父さんも呼びましょうね」

優しい提案に、妃奈子は小さく頷いた。

◆
◆
◆

「あけましておめでとうございます」

あっという間に正月休みが終わり、新年最初の出社日を迎えた。

妃奈子はにこやかに挨拶をすると、少し正月太りをしたような梅原に笑顔で返される。

「あけましておめでとう。今年もよろしくね……って、あれ？　あれ!?」

妃奈子の肩がびくっと震えた。梅原の目が一点を凝視している。

その視線から逃れたくて、妃奈子は咄嗟に一歩後ずさった。

——め、目ざとすぎる……！

さっと両手を背後に隠すが、無駄な抵抗だった。

梅原は妃奈子の手をがばりと摑み、驚愕の声を上げた。

「これはダイヤの指輪……！　って、絶対エンゲージリングよね。まさか華ちゃん、結婚するの!?」

次々に出社していた同僚たちが、梅原の発言に耳を澄ませて顔を向けている。新年の挨拶がそこかしこでされていたのに、今や妃奈子の言葉を待っている状態だ。

——うう、だから指輪をつけるのはイヤだって言ったのに……！

豪華すぎる指輪は人目を引くし、仕事場では適さない。だが、雪哉からの命令だから仕方ない。彼は頑なに、これから数日間は必ず指輪をするようにと言って聞かなかったのだ。

じっと見つめられ、妃奈子は観念したように頷いた。

「えっと……、まだ式とか決まっていないんですが……はい、その予定です」

注目されることに慣れていない妃奈子の顔はゆでだこのように真っ赤になった。

「うわーおめでとう！」

梅原が祝福の拍手をする。上司の篠宮を含め、周囲にいた人間も、つられるように妃奈子に拍手した。

とてつもなく照れ臭いし恥ずかしいが、妃奈子ははにかんだ笑みを見せ、「ありがとうございます」と礼を返した。

「で、相手は？　相手はどこの誰なの？　この石の大きさから、並大抵の男ではないと思うけど。まさか、うちの会社の人間じゃないわよね」

「えっと……」

梅原が妃奈子に詰め寄り、フロアを見回す。既婚者しか周囲にいないことを、梅原は失念しているらしい。

――困った。相手がここの社長って言うと、いらぬ騒動が起きそうだから、黙っておきたい……。

「相手は、幼馴染みのお兄ちゃんです」

嘘ではない、本当のことだ。それがこの会社の社長だと結びつく人間はまずいないだろう。

「その幼馴染みのお兄ちゃんって、ものすごくセレブなのね。出会いは身近に転がってたわけか～」

梅原が頷きながらも、妃奈子の結婚を祝ってくれる。

今のところ寿退社をする予定はないと言い、妃奈子はお礼を返した。

姉のように優しく面倒見がいい梅原が驚きつつも喜んでくれている姿を見ると、いい職場に恵まれてよかったと心の底から思える。

——人の縁をもっと大切にしよう。

その日の夜、梅原と同じテンションで友人の綾香に祝福され、妃奈子は何度目になるかわからない「ありがとう」を言い、幸福に酔いしれた。

エピローグ

『雛は安全な巣から落ちたら、蛇に食べられてしまう』

　十五歳の少年にそう言われた幼い少女は、小さな手で彼の手を握りしめてきた。ギュッと縋るように、力が込められたのを感じると、彼の心になにかが宿った。

　――この少女を自分の手が届く範囲に置き、安全に育てるにはどうしたらいいのだろうか。

　たった五歳の少女を親元から離すのは難しい。だが少女の両親について調べてみると、それも難しいことではなさそうだった。

　妃奈子の家は、彼女が幼少期の頃からすでに両親の仲が冷めきっていた。母親は育児に興味がなく、浪費家でもあった。派手好きな女には、真面目で朴訥（ぼくとつ）とした男は物足りなかったのだろう。外に男を作り、妃奈子の面倒は最低限のことだけしか見ていなかったようだ。

御影と清華の縁は緋紗子の代で一度途切れたように見えているが、妃奈子の祖父の代も、年賀状を送り合っていた。

それに、妃奈子の父親が御影の系列会社に就職したのを、雅貴も把握していた。たまたま顔を合わせる機会があり、あの日はじめて御影のパーティーに招いたのだった。

雪哉は十年かけて、妃奈子を自分のもとに引き寄せた。母親は、雪哉が宛てがった若い男をあっさりと選び、夫婦は離婚。父親は海外へ栄転した。

夫婦仲が修復できないものになったのは二人の行いの結果だが、元々浮気癖のあった母親に派手好きの若い男を近づけさせたのは雪哉だ。その後、その二人が結婚して未だに夫婦生活が続いているのだから、人の相性というものはわからないものである。

年頃の娘の進学はすでに決まっており、仕事人間の父親が娘を持て余すことは予測していた。雪哉は、妃奈子の父と十年かけて信頼関係を築き、そして妃奈子を雪哉のもとで引き取ることに合意させた。そこには雅貴の助力もあった。

妃奈子を引き取る際、常識人の雅貴からは、未成年に手を出すことは絶対に許さないと厳命されていた。完璧な理想の男を演じ、妃奈子が恋心を抱くように仕向けていたことに、雅貴は気づいていたのだ。

父親の勘というものは侮れない。

それから雪哉は、妃奈子が自分に淡い恋心を抱いているのを知りながら、妃奈子に自慰行為を見せつけた。優しいお兄さんではなく、雪哉は男であり、性的に妃奈子を愛しているのだと意識させるために。

自分が性の対象として男から見られていることに気づいたとき、思春期の妃奈子はどう思うだろうか。距離を置かれるだろうことはわかったうえで、雪哉は待つことを選んだ。

彼女は自分を家族として愛していた。その感情はそう簡単には消えない。雪哉は自分を守ってくれる相手なのだと、時間をかけて妃奈子に信じさせてきたのだから。

必要なプロセスを経て、概ね雪哉の思惑通りに進んだ。二十年近くかかって、ようやく妃奈子の愛を手に入れたときは、胸が歓喜で締め付けられた。

雅貴の書斎には、古びた冊子が数冊収められている。妃奈子に見られる可能性はあるが、見られて困るものではない。

その中の一冊を手にし、頁をめくる。中には一枚、モノクロの写真が入っていた。

長い黒髪に着物姿の令嬢。妃奈子の曾祖母の緋紗子だ。面影は妃奈子と通じるものがあるが、雪哉はその写真を見ても何の感情も湧かない。

適当な頁に写真を挟み、雪哉は先祖が書いた日記に目を通した。

そこには、叶わない恋がいつか成就しますようにという願いが綴られている。切なく純粋な恋物語に読み取れるが、雪哉にはそのような綺麗な恋には思えない。

御影が抱く恋情はそんな甘酸っぱいものではない。この日記の内容も、身の内を焦がすほど激しく燃える恋慕と忠誠が、呪いのように受け継がれることを祈っているように思えた。

雪哉はその想いの丈を無表情で読み取り、冊子を本棚に戻した。

「――欲しければ、強引にでも手に入れればよかったのに」

雪哉ならば、身分を考え、相手の幸せを想い、身を引くことなど絶対にしない。相手が本気で欲しければ、認めさせればよかったのだ。己の能力を高め、相手を絶対に幸せにすると命をかけて誓うほどの気概を見せたら、時の清華の当主も心を動かされたかもしれない。

「……もしもの話なんて無意味だな」

過去は変わらない。変えるなら未来だ。

己の心に宿る妃奈子への執着心が、先祖から受け継がれたものなのかなどわからない。

そんなことはどうでもいい。

欲しいのはひとつ。自分だけが妃奈子の心のよりどころとなる。逃げることすら思いつかないように居心地のいい巣を与え、真綿でくるんだ檻に閉じ込める。

「外に出なくても、その巣に蛇が同居していたら、雛は食べられてしまうんですよ」

傍にいる人間が一番の危険人物であるなんて、妃奈子が真相を知ることはない。

今夜もどうやっておいしく食べようか。

雪哉は愛する婚約者のもとへ向かうのだった。

あとがき

『腹黒御曹司は逃がさない』いかがでしたでしょうか。前々作の現代物、『俺様御曹司は諦めない』とはまた違った印象の執着愛になっているかと思います。

今作のテーマは蛇と鳥の雛です。一生懸命羽ばたこうとする雛が、蛇によって一枚ずつ羽を毟(むし)られて羽ばたけなくなり、最終的には飛ぶことをやめてしまったイメージで構想を練ってみました。

プロットの段階では、ヒロインの諦めか同情エンドかなと思っていたのですが、毎度のことながら着地点が若干ずれました。きっと幸せの形ってそれぞれですよね……。

イラストを担当してくださった氷堂(ひどう)れん様、美麗な二人をありがとうございました！　カバーはもちろんのこと、雪哉のお色気満載な表情と妃奈子の可憐さが美しいです。

担当編集者のY様、今回も大変お世話になりました。自由に書かせていただけて楽しかったです。いつもありがとうございます！

また、この本に携わってくださった校正様、デザイナー様、書店様、営業様、そして読者の皆様に感謝を込めて。楽しんでいただけましたらうれしいです。

月城(つきしろ)うさぎ

この本を読んでのご意見・ご感想をお待ちしております。

◆ あて先 ◆

〒101-0051
東京都千代田区神田神保町2-4-7 久月神田ビル
㈱イースト・プレス　ソーニャ文庫編集部
月城うさぎ先生／氷堂れん先生

腹黒御曹司は逃がさない

2019年9月8日　第1刷発行

著　　者　月城うさぎ
イラスト　氷堂れん
装　　丁　imagejack.inc
D T P　松井和彌
編集・発行人　安本千恵子
発 行 所　株式会社イースト・プレス
〒101－0051
東京都千代田区神田神保町2－4－7 久月神田ビル
TEL 03－5213－4700　FAX 03－5213－4701
印 刷 所　中央精版印刷株式会社

ISBN 978-4-7816-9656-0
定価はカバーに表示してあります。